Emmanuele Landini

IL SUONO DELLA FOLLIA

(RICORDATI DI RESPIRARE, NON POTRAI FUGGIRE)

Titolo | Il suono della Follia
Autore | Emmanuele Landini

Prefazione:

C'è un sottile velo che separa la realtà dalla follia, la vita dalla morte. In questo labirinto di ombre, dove la paura è l'unica compagna, i protagonisti di questa storia si troveranno a confrontarsi con l'ignoto. In un mondo dove la sopravvivenza è l'unica legge, i personaggi di questa storia dovranno fare scelte difficili e affrontare le loro più grandi paure. Un viaggio emozionante attraverso le profondità dell'animo umano. Verità nascoste e un passato che torna a bussare alla porta li trascineranno in un vortice di eventi inaspettati.

Mentre vi addentrate in questa trama intricata, un suono costante, un ticchettio indistinto o un sussurro inquietante vi accompagnerà logorando i vostri nervi e spingendovi verso la follia. Le pagine di questo libro sono un labirinto di enigmi e tensione dove ogni svolta nasconde un nuovo pericolo.

Questo romanzo, incisivo e allo stesso tempo emozionante, offre un ritratto realistico di individui alle prese con le loro più grandi paure e tesse una trama intricata da eventi folli. Niente è come ci si aspetta, le ombre si allungano su un mondo dove orientamento e disorientamento si intrecciano in un'atmosfera tesa che vi terrà con il fiato sospeso fino all'ultima parola. Preparatevi a scoprire segreti sepolti e a svelare misteri che metteranno alla prova le vostre certezze.

Non fatevi ingannare dalle apparenze, nulla è come sembra in questo thriller che vi costringerà a rivalutare ogni certezza.

Introduzione:

Ogni chilometro che la separava da Richmond sembrava dilatarsi, come se la strada si piegasse sotto il peso del passato che la stava risucchiando. Bet Swanson stringeva il volante della sua vecchia Ford, cercando invano di tenere a bada i pensieri che affioravano inevitabilmente con l'avvicinarsi della città. L'aria calda, densa di polvere e profumi di terra secca, entrava dai finestrini abbassati, accarezzandole i capelli color rame, mossi e ribelli come lo erano sempre stati. Ogni curva, ogni scorcio di campagna che riconosceva dal passato, la riportava più vicina a un mondo che aveva cercato disperatamente di lasciarsi alle spalle.

Richmond, la città in cui era cresciuta, era per lei un ricordo doloroso, ma non solo per le sue dimensioni soffocanti o per l'assenza di opportunità. Era stata la morte prematura di suo padre a spezzarla davvero, a farle capire che non avrebbe mai potuto rimanere lì. Se n'era andato improvvisamente, pochi mesi prima che Bet si laureasse, lasciandola sola con una madre che non riusciva a comprenderla. Lui era stato l'unico vero legame che Bet sentiva con quella casa, l'unica persona che, in qualche modo, capiva il suo mondo fatto di arte, di sogni e di colori. Quando lui era morto, ogni illusione di trovare un po' di pace in quella città si era spenta con lui.

La rabbia e il dolore di quella perdita si erano trasformati in una determinazione feroce: doveva andarsene, doveva trovare qualcosa di più grande. Ed era stata quella determinazione a spingerla a prendere quel treno per New York, a lasciare Richmond, sua madre e tutto ciò che conosceva, per inseguire una vita che pensava le appartenesse.

Ora, però, quella vita non le sembrava più così chiara. Le strade caotiche di New York le avevano promesso successo e realizzazione, ma l'avevano invece risucchiata in una lotta quotidiana per sopravvivere. Le sue lauree in filosofia e arte, che avrebbero dovuto aprirle porte importanti, l'avevano lasciata con poco più di un biglietto per una giungla competitiva e spietata. Aveva sempre sognato di aprire una galleria d'arte, di creare uno spazio dove gli artisti potessero esprimersi liberamente, e dove lei, con il suo occhio acuto e la sua sensibilità, avrebbe potuto dare forma a un mondo artistico unico. Ma New York non era stata generosa. Bet si era ritrovata a fare lavori saltuari, a servire caffè, a vendere quadri che non amava, cercando di pagare l'affitto di un appartamento troppo piccolo per contenere i suoi sogni.

Il profilo della città cominciava a emergere all'orizzonte, immerso in un tramonto arancione che trasformava i campi in maree dorate. Richmond non era cambiata, o almeno così sembrava da quella distanza. Ma dentro di lei, tutto era diverso. Era partita con la voglia di conquistare il mondo, di dimostrare a sua madre – e forse a se stessa – che non aveva bisogno di nessuno, che poteva realizzare i suoi sogni senza essere incatenata dalle aspettative ristrette di una cittadina di provincia.

Sua madre. Bet non riusciva a ricordare l'ultima volta in cui avevano parlato davvero, se non per brevi conversazioni telefoniche, piene di silenzi imbarazzati e di frasi di circostanza. Quando era partita, avevano litigato furiosamente. Margaret Swanson non aveva mai approvato la sua decisione di andarsene, e aveva visto nella sua scelta una fuga irresponsabile, un rifiuto della stabilità che Richmond avrebbe potuto offrirle. La morte del padre aveva solo intensificato le tensioni tra loro. Margaret, nel suo dolore, si era chiusa ancora di più, diventando fredda e distante, incapace di dare a Bet il conforto di cui aveva disperatamente bisogno.

E adesso Bet stava tornando. Non per sua volontà, ma per necessità. La telefonata dell'infermiera aveva infranto l'equilibrio precario che aveva mantenuto per anni: "Tua madre non sta bene", aveva detto con un tono che non ammetteva discussioni. Non c'era stata scelta. Anche se Bet aveva provato a ignorare quella chiamata, sapendo cosa avrebbe significato tornare, alla fine aveva dovuto arrendersi. Forse il tempo passato le avrebbe permesso di ricostruire quel legame spezzato. Forse, ma non ci credeva davvero.

Mentre la macchina scivolava lungo la strada principale della città, i suoi ricordi d'infanzia riaffioravano con una chiarezza dolorosa. Le giornate passate a giocare nei campi dietro casa, il profumo dolce del fieno e della terra umida, il calore del sole che bruciava la pelle durante le interminabili estati del sud. Bet si ricordava di quando correva con suo padre lungo quelle stesse strade, con le mani strette nelle sue, ascoltando le storie che lui inventava per farla ridere. Era l'unico a capire quel lato artistico di Bet, la sua voglia di esprimersi attraverso la pittura, la sua sensibilità nel vedere il mondo in modo diverso dagli altri. Sua madre, invece, non aveva mai compreso quella passione. Era sempre stata troppo concentrata su cose concrete, sui doveri della vita quotidiana.

Il cartello arrugginito che indicava l'ingresso di Richmond comparve davanti a lei, e Bet sentì lo stomaco stringersi. La vecchia casa bianca di sua madre, nascosta tra gli alberi, era a pochi minuti di distanza. Gli anni trascorsi lontano da quel luogo sembravano svanire, e con essi la fragile indipendenza che aveva cercato di costruirsi. Non era più la ragazza piena di sogni che aveva lasciato Richmond. Era cresciuta, aveva lottato, ma in fondo si sentiva ancora persa. Aveva abbandonato quella città sperando di trovare la sua strada, ma invece si era ritrovata a vagare, priva di un vero scopo.

Il vialetto della casa si aprì davanti a lei, e Bet spense il motore. Rimase seduta per un attimo, le mani che tremavano leggermente sul volante. Il silenzio la avvolse, e il ricordo di suo padre la colpì come una fitta improvvisa. La sua assenza era ancora un vuoto profondo, un'assenza che non era mai riuscita a colmare, né a New York né altrove.

Respirò profondamente, chiudendo gli occhi per un istante. Tornare non era mai stato nei suoi piani, ma ora non aveva più scelta. Doveva affrontare tutto quello che aveva lasciato indietro, compreso il dolore, compresi i ricordi che ancora la tormentavano.

Con un ultimo respiro, aprì la portiera. Era tempo di tornare a casa.

Capitolo 1: Ritorno a Richmond

Bet Swanson stringeva con forza il volante della sua vecchia Ford, un rottame tenuto insieme più dalla provvidenza che dalla meccanica. Ogni chilometro che aveva percorso verso Richmond sembrava aver aggiunto un nuovo scricchiolio, un altro rumore sinistro. La calura estiva era insopportabile; il climatizzatore non funzionava da anni e il finestrino abbassato lasciava entrare solo aria calda e polvere.

Le strade che portavano a Richmond erano familiari, ma c'era qualcosa di diverso, questa volta. Forse erano solo i segni del tempo o forse il peso degli anni trascorsi lontano, ma Bet non riusciva a scrollarsi di dosso un leggero senso di disagio. Gli alberi che costeggiavano la strada sembravano più scuri, le loro ombre più lunghe e minacciose, come braccia proiettate verso di lei. Non c'era un motivo concreto per la sua inquietudine, ma ogni curva, ogni chilometro, avvicinava un po' di più quel senso di oppressione che le cresceva dentro. Cercò di convincersi che fosse solo stanchezza o senso di colpa, o qualche trucco della mente che aveva passato troppo tempo lontano da quei luoghi.

Finalmente, la vecchia casa di sua madre apparve all'orizzonte, un puntino familiare in un mondo che sembrava più estraneo di quanto ricordasse. La casa era un edificio di legno, dipinto di un bianco ormai ingrigito dal tempo, con le imposte che cigolavano leggermente nel vento. Margaret Swanson era sulla soglia, con una mano alzata per salutarla, l'altra poggiata sul fianco gracile, il volto segnato dagli anni ma illuminato da un sorriso che portava un po' di calore nel cuore di Bet. I suoi capelli di un dorato sbiadito erano raccolti con una di quelle spille di madreperla che tanto amava.

Gli occhi di Margaret, spenti dal tempo e dalla malattia, scrutavano Bet cercando di riconoscerne i tratti quasi dimenticati, ma con una gioia nel cuore che solo una madre conosce. Non era mai stata una donna di molte parole, spesso i suoi silenzi potevano essere taglienti, ma il tempo sembrava aver addolcito la sua espressione.

"Finalmente sei arrivata". disse Margaret, con voce po' rauca ma ancora dolce.

Quando Bet scese dall'auto, la madre la strinse in un abbraccio forte e, per un momento, tutto sembrò giusto. "Hai avuto un buon viaggio?"

"Lungo e caldo," rispose Bet, cercando di non mostrare il disagio che si portava dentro. "Ma sono qui, ed è tutto ciò che conta."

Margaret annuì, osservando sua figlia con occhi penetranti. "Sei più magra di quanto ricordassi, e quegli occhi... portano con sé più ombre di quante ne avevi quando sei partita."

Bet scrollò le spalle. "Sono stati anni difficili, ma sto bene. E tu come stai, mamma? Da quando ho avuto notizie sulla tua salute non mi sono capacitata del fatto di non averti chiamata per molto tempo, mi dispiace. La casa sembra esattamente come l'ho lasciata…"

"Questa vecchia dimora resiste." rispose Margaret con un sorriso stanco. "Un po' come me, immagino. Vieni dentro, ti ho preparato una limonata fresca. Con questo caldo, è l'unica cosa che può darti un po' di sollievo."

Entrarono in casa, dove l'aria era più fresca. Il soggiorno era esattamente come Bet lo ricordava: mobili antichi, una vecchia radio in un angolo, il pavimento in legno che scricchiolava sotto i piedi. Ogni cosa parlava di un tempo passato, di una vita che Bet aveva cercato di lasciarsi alle spalle, ma che ora la avvolgeva di nuovo, come una coperta pesante e soffocante.

Margaret si avvicinò alla cucina e versò la limonata in due bicchieri alti, porgendone uno a Bet. "Siediti, cara. Raccontami qualcosa, è passato così tanto tempo."

La madre di Bet era stata colpita da una malattia delle ossa che piano piano la portava ad irrigidirsi sempre più. Bet si sentiva in colpa per averla lasciata sola negli ultimi anni, ma non sapeva come dirglielo. Le due non avevano mai avuto un dialogo profondo, era stato sempre il padre di Bet il suo punto di riferimento.

Bet si sedette al tavolo della cucina, il suo sguardo vagava sui dettagli che aveva memorizzato durante la sua infanzia: il colore sbiadito della tovaglia, le crepe sottili nel legno del tavolo, il ticchettio dell'orologio a muro che segnava ogni secondo con un ritmo lento e costante. Bevve un sorso della limonata, sentendo il sapore dolce e acido sciogliersi sulla lingua, portando con sé ricordi di estati lontane, quando tutto sembrava più semplice.

"Sai," iniziò Bet "ho sempre pensato che Richmond fosse un posto che non dà possibilità, statico e vecchio, ma in ogni caso l'ho sempre sentito come un luogo sicuro, un rifugio dal mondo. Ma ora che sono tornata, mi sembra diverso. È come se... come se qualcosa fosse cambiato, ma non so cosa."

Margaret la osservò attentamente, poi si alzò per guardare fuori dalla finestra, le tende che si muovevano appena. "Tutto cambia, Bet. Anche i posti che pensiamo siano rimasti gli stessi. A volte, è la nostra percezione a mutare, altre volte sono i luoghi stessi. Richmond ha visto tante cose negli anni, ma è ancora la nostra casa. Anche se..."

Lasciò la frase sospesa nell'aria, come se ci fosse qualcosa di non detto, qualcosa che non voleva affrontare.

"Anche se cosa?" chiese Bet, ma Margaret scosse la testa.

"Niente, solo pensieri di una vecchia donna. Vieni, lascia che ti faccia vedere il giardino. Ho cercato di mantenerlo come piaceva a te, ma il caldo di quest'anno ha fatto soffrire le piante."

Uscirono insieme sul retro, dove il giardino, un tempo rigoglioso, mostrava i segni della fatica. Le piante che Bet ricordava alte e vibranti, ora erano stanche e piegate, come soldati sconfitti in una battaglia contro il sole implacabile. Le rose, che Margaret aveva sempre curato con tanto amore, erano appassite, i petali secchi sparsi sul terreno come lacrime dimenticate.

"Mamma, hai fatto del tuo meglio. Ma questo caldo... non so come fai a sopportarlo."

Margaret si strinse nelle spalle. "Ci si abitua, suppongo. E poi, questo giardino ha resistito a estati peggiori. Con un po' di fortuna, resisterà anche a questa." disse con il volto stanco segnato dal tempo.

Bet non poté fare a meno di pensare che c'era qualcosa di profondamente triste in quelle parole, un senso di rassegnazione che non aveva mai sentito prima.

Guardò di nuovo il giardino, cercando di ritrovare la bellezza che un tempo aveva visto lì, ma i suoi occhi si posarono invece su un vecchio pozzo in pietra, nascosto in un angolo, quasi inghiottito dalle ombre. Si ricordò di quando era bambina e giocava lì, gettando sassolini nel buio profondo, immaginando cosa potesse esserci laggiù, nascosto sotto la superficie.

Ti ricordi di quando giocavo vicino a quel pozzo?" chiese, indicando il vecchio manufatto. "Una volta mi hai detto che non dovevo mai guardare troppo a lungo dentro, che avrei visto qualcosa che non avrei voluto vedere." Bet avvertì un brivido lungo la schiena.

Margaret si girò lentamente, i suoi occhi ora pieni di un'espressione che Bet non riusciva a decifrare. "Certe cose è meglio lasciarle in pace, Bet. Alcune domande non devono essere fatte, e alcune risposte... non devono essere trovate."

A Bet tornò in mente quanto sua madre potesse essere criptica, ma decise di lasciar andare il giudizio, non aveva intenzione di rivivere ciò che era stato nel passato.

Trascorsero il pomeriggio parlando dei giorni in cui Bet era bambina e Richmond sembrava un mondo intero, pieno di segreti da scoprire e avventure da vivere. Margaret raccontava storie di quando Bet era piccola, di come correva tra gli alberi del bosco dietro casa, di come tornava a casa con le ginocchia sbucciate e i vestiti sporchi di terra, ma con un sorriso che illuminava il mondo e Bet si sentì al sicuro in quei ricordi dove ogni corsa, ogni avventura, ogni gioco insieme al suo amico di infanzia, erano vissuti con leggerezza, senza pesanti pensieri degli anni successivi.

Mentre parlavano, gli occhi di Bet si posarono su una vecchia fotografia incorniciata che troneggiava su un mobile in soggiorno. La cornice in legno scuro, era intagliata con cura e l'immagine mostrava un uomo giovane, con i capelli scuri e un sorriso sincero: suo padre. Le memorie si affollarono nella sua mente e per un momento sentì un vuoto nel petto, come se il tempo si fosse riavvolto e il dolore della sua perdita fosse tornato a galla.

Bet si alzò e prese la foto in mano, osservando il volto di quell'uomo che aveva significato tanto per lei. "Papà..." mormorò, quasi senza accorgersene.

Margaret la osservava in silenzio, le mani intrecciate in grembo. "Gli somigli, sai? Hai il suo stesso sguardo: forte, ma con una dolcezza nascosta che non tutti sanno vedere."

Bet annuì, senza distogliere lo sguardo dalla foto. "Mi manca. A volte mi chiedo cosa avrebbe detto se fosse qui oggi. Mi avrebbe detto che ho fatto le scelte giuste?"

Margaret si alzò e si avvicinò a Bet, posando una mano gentile sulla sua spalla. "Tuo padre era un uomo saggio. Avrebbe capito le tue scelte, anche se non le condivideva tutte. E avrebbe sempre trovato un modo per farti sentire amata. Eri la sua bambina."

Bet sentì le lacrime affiorare, ma le ricacciò indietro. "Ricordo quando mi portava al lago, d'estate. Passavamo ore a pescare, e lui mi raccontava storie spaventose per tenermi sveglia. Ma non erano mai troppo spaventose, perché sapeva che avevo paura del buio." disse respirando profondamente.

Margaret sorrise malinconica. "Era bravo a trovare quel sottile equilibrio tra il reale e l'immaginario. E, in un certo senso, era un po' come Richmond. Sapeva mantenere i segreti, ma sapeva anche quando condividerli."

"Non solo" rispose Bet, "Lui ha sempre capito cosa porto dentro, mi spronava sempre a non arrendermi e a credere in me stessa. Quando se n'è andato mi sono sentita del tutto persa" disse con un filo di voce rotta, mentre gli occhi tremavano per le lacrime che volevano uscire. "Credimi mamma, mi spiace di averti lasciata qui sola. Ora a distanza di anni comprendo che non sia stato facile

nemmeno per te, ma questo posto mi arrecava troppo dolore. Non potevo restare."

Margaret si allontanò di due passi abbassando lo sguardo: "Amavo molto tuo padre, ma la vita è stata difficile per noi e non ti biasimo per le tue scelte" disse con voce sottile e appena dura come per trattenere la sua sofferenza. "Io appartengo a Richmond, questo posto è casa mia e sarà casa tua ogni volta che vorrai, anche se so di non essere mai stata per te ciò che era lui" disse indicando il volto nella foto.

Bet posò la foto con delicatezza, come se avesse paura di disturbare la quiete del ricordo. "A volte mi sembra di sentire ancora la sua voce, sai? Come se fosse ancora qui, da qualche parte."

Margaret non rispose, ma il silenzio che seguì era carico di significato, un tacito accordo tra madre e figlia di non lasciare che il passato le divorasse.

Quando la sera calò, portando con sé un leggero sollievo dal caldo soffocante, Bet si sentì invasa da una stanchezza improvvisa. I vestiti sgualciti dal viaggio erano ormai fradici e i suoi capelli arruffati avevano bisogno di una bella rinfrescata.

Il viaggio, il ritorno a casa, i ricordi che riaffioravano come bolle nell'acqua torbida... tutto stava prendendo il suo tributo.

"Faccio una doccia e vado a letto, mamma. Domani voglio fare un giro in città, rivedere alcuni posti."

Margaret annuì. "Va bene, cara. La tua vecchia stanza è pronta, come l'hai lasciata, la doccia ogni tanto schizza dell'acqua qua e là, ma per il resto funziona. Dovrei farla sistemare."

Bet diede la buonanotte alla madre e si ritirò nella sua stanza, una piccola oasi di passato, dove tutto sembrava essere stato congelato nel tempo. Le pareti erano ancora tappezzate di poster di band che amava da adolescente, il letto coperto con la stessa coperta a fiori che aveva sempre odiato ma che ora le dava un senso di conforto. "Una doccia fresca è quello che ci vuole" pensò e si infilo sotto il getto tiepido dell'acqua irregolare.

Una volta fuori dalla doccia Bet si guardò allo specchio, stanca e accaldata. Passò le mani sul suo volto come per cercare rughe che ancora non c'erano.

Non si era mai piaciuta granché, ma aveva imparato con il tempo ad accettare l'immagine che vedeva allo specchio, la sua pelle di porcellana con le guance rosee e le labbra appena carnose con una espressione di impercettibile malinconia. I suoi occhi di un azzurro intenso erano segnati dal carico del viaggio, avevano bisogno di un lungo sonno ristoratore.

Raccolse i suoi capelli ramati sopra la testa con un enorme elastico e si cambiò in un vecchio pigiama, quello che aveva lasciato lì tanti anni prima e si infilò sotto le coperte.

Chiuse gli occhi, cercando di lasciarsi andare al sonno, ma qualcosa la teneva sveglia. Un suono lontano, appena percettibile, ma costante. Si girò e rigirò nel letto, ma il suono era sempre lì, un frinire che sembrava provenire da ogni angolo, da sotto le finestre, dalle pareti stesse.

"Bet, è solo il frinire delle cicale" si disse "colonna sonora delle notti estive di Richmond." Nulla di cui preoccuparsi. Era stanca, e il viaggio l'aveva sfinita. Ma, mentre provava a chiudere nuovamente gli occhi, non poté fare a meno di pensare che quel suono, un tempo così familiare e rassicurante, ora avesse qualcosa di inquietante, di diverso.

Bet si sforzò di non pensarci, lasciandosi scivolare finalmente nel sonno, con la promessa di esplorare la città il giorno successivo. Ma, nel profondo del suo cuore, qualcosa la tormentava, una sensazione che non riusciva a scrollarsi di dosso, come se Richmond le stesse sussurrando all'orecchio, cercando di dirle qualcosa che lei non voleva ascoltare.

Capitolo 2: La Città Addormentata

Bet si svegliò la mattina seguente con un leggero mal di testa, forse dovuto al sonno agitato della notte precedente. Il frinire delle cicale, che aveva udito fino a tarda notte, sembrava ancora risuonare nelle sue orecchie, ma attribuì la sensazione alla stanchezza accumulata. Dopo tutto, aveva viaggiato per ore per raggiungere Richmond, e il ritorno a casa, con tutto il bagaglio emotivo che portava con sé, non era stato facile.

Sbadigliò e si stiracchiò nel letto, sentendo i muscoli rigidi rilassarsi leggermente. La sua vecchia stanza era avvolta in una luce dorata, con i raggi del sole che filtravano attraverso le tende leggere. Era un piccolo rifugio di pace, dove il tempo sembrava essersi fermato, ma Bet sapeva che non poteva rimanere lì per sempre. Oggi avrebbe fatto un giro in città per vedere quanto era cambiato Richmond durante la sua assenza.

Prese un vestito leggero dalla sua valigia e dopo essersi vestita, scese le scale e trovò sua madre in cucina, intenta a preparare la colazione. Il profumo del caffè appena fatto riempiva l'aria, mescolandosi con l'aroma del pane tostato.

"Buongiorno" disse Bet, cercando di mascherare la stanchezza nella voce.

Margaret si girò e le sorrise. "Buongiorno, cara. Hai dormito bene?"

"Abbastanza," rispose Bet, prendendo una tazza e versandosi del caffè, cercando di allontanare la sensazione di stranezza che avvertiva e i ricordi che spesso le tornavano alla mente. "Mi sembra che le cicale siano state più rumorose del solito."

Margaret annuì lentamente, guardando fuori dalla finestra. "Sono particolarmente insistenti quest'anno, non trovi? È strano, ma suppongo sia normale con questo caldo."

Bet non rispose, sorseggiando il caffè mentre i suoi pensieri vagavano. C'era qualcosa di non detto nelle parole di sua madre, qualcosa che Bet non riusciva a decifrare del tutto, ma decise di non insistere. Era il suo primo giorno a Richmond e voleva viverlo senza troppi pensieri oscuri, cercando per quel che ne era capace, di supportare sua madre.

"Pensavo di fare un giro in città oggi," disse Bet, cercando di cambiare argomento. "Rivedere alcuni posti, magari incontrare qualche vecchio amico."

Margaret la guardò con un sorriso affettuoso, ma il suo sguardo si allontanò per un momento, come perso in un pensiero. "È una buona idea," disse, posando un piatto di uova strapazzate e pancetta davanti a lei. "Richmond può sembrare la stessa di sempre, ma a volte certe cose cambiano senza che ce ne accorgiamo." Fece una pausa, come se stesse valutando se aggiungere altro, poi concluse con un tono leggermente più leggero: "Ma tu conosci questa città meglio di chiunque altro."

Bet sperava che fosse così, ma sapeva che il tempo aveva un modo strano di cambiare le cose, anche quelle che sembravano immutabili. Dopo aver finito la colazione, uscì di casa.

Si guardò intorno, l'aria sembrava rarefatta e il caldo torrido non dava tregua già di prima mattina. Il cielo era terso e il vialetto di casa era contornato da piante che ormai faticavano a verdeggiare. Fece un respiro profondo, prendere l'auto sarebbe stato peggio, quindi decise di andare a Richmond a piedi.

Mentre camminava lungo le strade della città, Bet notò che il frinire delle cicale sembrava più forte del giorno prima. Era un suono che si insinuava tra le mura delle case, rimbalzava sull'asfalto delle strade deserte e riecheggiava in ogni angolo. Sembrava quasi che la città stessa stesse vibrando al ritmo di quel frinire incessante. Bet si fermò un attimo, cercando di capire se era solo la sua immaginazione, ma il suono era lì, costante e stranamente opprimente.

Le strade erano sorprendentemente deserte per essere un mattino di metà settimana. I negozi aprivano lentamente, con le insegne che cigolavano leggermente sotto il vento caldo. Bet camminava con passo lento, osservando ogni dettaglio con attenzione. Richmond era esattamente come la ricordava: la stessa piazza centrale con la fontana al centro, le stesse case dall'aria antica che si affacciavano su strade acciottolate. Eppure, c'era qualcosa di diverso, qualcosa di sottilmente inquietante che Bet non riusciva a definire.

Mentre attraversava la piazza, notò un gruppo di persone che camminava sul lato opposto della strada. C'era qualcosa di strano nel loro passo, come se cercassero di sincronizzarsi tra di loro, ma in modo innaturale, forzato. Una donna incrociò lo sguardo di Bet, e per un istante Bet sentì un brivido lungo la schiena: gli occhi della donna erano vuoti, privi di qualsiasi espressione, come se guardasse attraverso di lei.

Scosse la testa, cercando di scacciare quel pensiero. Forse era solo la sua immaginazione a giocarle brutti scherzi.

Decise di entrare nella vecchia caffetteria all'angolo, un luogo che frequentava spesso durante la sua adolescenza. Si fermò per un istante ad osservare l'ingresso, la porta verde e l'insegna semi rotta che non era mai stata riparata con la scritta Mokka. Quando varcò la soglia, il tintinnio del campanello sopra la porta le ricordò immediatamente i pomeriggi passati lì, seduta a uno dei tavoli, a sorseggiare limonate e a leggere libri.

Dentro, l'atmosfera era quasi surreale. La luce fioca che filtrava dalle finestre creava ombre lunghe e distorte sulle pareti. Solo un paio di clienti erano seduti ai tavoli, parlando sottovoce fra di loro. La barista, una donna di mezza età con i capelli castani raccolti in una crocchia stretta, stava dietro al bancone, asciugando lentamente una tazza con un panno.

Bet si avvicinò al bancone, cercando di scacciare la strana sensazione di disagio che la pervadeva. "Un caffè, per favore," disse, cercando di sorridere.

La barista sollevò lo sguardo e le rivolse un sorriso che sembrava più una smorfia. "Certo, subito." rispose con un tono quasi meccanico. Mentre preparava il caffè, Bet notò che i suoi movimenti erano lenti, deliberati, come se stesse facendo tutto in automatico.

Bet si guardò intorno, notando che i pochi clienti presenti avevano tutti la stessa espressione assente. Parlavano tra di loro, ma non c'era vera conversazione, solo un mormorio monotono che si mescolava con il suono lontano del frinire delle cicale. Uno degli uomini al tavolo la fissava senza battere ciglio, come se stesse cercando di decifrare qualcosa di nascosto dentro di lei.

La barista posò la tazza di caffè sul bancone davanti a Bet. "Paga ora o dopo?" chiese con un tono che non lasciava spazio a variazioni.

"Adesso va bene," rispose Bet, cercando di mascherare il disagio che cresceva dentro di lei. Tirò fuori il suo portafoglio color paglia dal suo zainetto di cuoio e, mentre pagava, la barista la guardò dritta negli occhi. Per un attimo Bet pensò di vedere qualcosa di inquietante dietro quello sguardo, come un'ombra che si muoveva appena sotto la superficie, ma non riuscì a scrutare nulla.

"Grazie," disse la barista, ma il suo tono era privo di calore, quasi come se stesse recitando una battuta che aveva ripetuto troppe volte.

Bet prese la sua tazza e si sedette a un tavolo vicino alla finestra. La sedia in legno era cigolante, ma sembrava poterla sostenere senza sforzo. Sorseggiò il caffè, ma il sapore era amaro, diverso da come lo ricordava. Forse era solo il tempo passato, o forse c'era qualcosa di veramente cambiato in quella città. Mentre guardava fuori dalla finestra appannata dal caldo, vide un uomo passare con lo sguardo fisso davanti a sé. Camminava con un'andatura rigida, quasi robotica. Bet si chiese se tutti in città si fossero trasformati in questo modo, se la Richmond che ricordava esistesse solo nei suoi ricordi.

Dopo aver finito il caffè, Bet decise di proseguire la sua passeggiata. Lasciò la caffetteria con un senso di sollievo, come se avesse appena lasciato un luogo che cercava di inghiottirla. Le strade erano ancora stranamente deserte e le poche persone che incrociava avevano tutte quell'aria strana, quel comportamento meccanico e innaturale che l'aveva disturbata in caffetteria.

Mentre camminava si avvicinò al vecchio negozio di dischi e una strana sensazione la pervase. Era uno dei suoi luoghi preferiti quando era adolescente, ci passava le ore a cercare i dischi dei suoi gruppi preferiti. Il negozio però era chiuso, le vetrine coperte di polvere e le luci spente. Un cartello sbiadito annunciava che il proprietario si era trasferito altrove e Bet non poté fare a meno di provare una stretta al cuore. Quel negozio era stato un rifugio per lei e per il suo amico d'infanzia, un posto dove potevano perdersi nella musica e dimenticare il mondo esterno nei pomeriggi passati ad ascoltare musica.

Stava per voltarsi e andare via, quando, quasi senza pensarci, posò la mano sulla maniglia della porta. Si aspettava che fosse chiusa a chiave, ma con sua sorpresa la maniglia cedette facilmente sotto la sua presa. La porta si aprì con un cigolio prolungato, rivelando l'interno buio e impolverato del negozio. Esitò per un istante, poi decise di entrare.

Dentro, l'aria era stagnante e carica di polvere. La luce filtrava appena attraverso le finestre sporche, creando un'atmosfera irreale, quasi sospesa nel tempo. Gli scaffali che un tempo erano pieni di dischi ora erano quasi vuoti, eccetto per qualche vecchio disco buttato qua e là, come detriti lasciati indietro da una marea in ritirata.

Bet camminava lentamente tra le file deserte, osservando le copertine impolverate dei pochi dischi rimasti. C'era qualcosa di profondamente triste in quel luogo, come se il tempo avesse inghiottito ogni traccia di vita. Tuttavia, Bet non riusciva a scuotere via la sensazione che ci fosse qualcosa di strano sotto quella desolazione. Una forte sensazione di disagio la pervase, mentre continuava a esplorare il negozio.

Si fermò davanti a uno scaffale particolarmente malandato, dove un disco attirò la sua attenzione. Era quasi sepolto sotto uno strato di polvere, e la copertina era così sbiadita che a malapena si distinguevano i colori. Con un gesto deciso, Bet lo prese e soffiò via la polvere, rivelando il titolo inciso con lettere sgargianti ma ormai consunte: "Il Suono delle Cicale".

Bet aggrottò la fronte, fissando incredula il titolo. Era una coincidenza troppo strana, considerando quanto quel suono avesse dominato i suoi pensieri

nelle ultime ventiquattr'ore. La copertina del disco era altrettanto inquietante: mostrava un paesaggio rurale desolato, con un albero spoglio in primo piano e, in lontananza, una casa in rovina. Le cicale, stilizzate in maniera quasi grottesca, erano disseminate ovunque nella scena, disegnate con un'attenzione ai dettagli che le rendeva incredibilmente vive, quasi pulsanti.

Girò il disco, esaminando il retro della copertina. Il retro raffigurava un ambiente boschivo, con alberi fitti e ombre che si allungavano in tutte le direzioni. Al centro dell'immagine spiccava una sorta di grotta, un'apertura scura tra le rocce, nascosta parzialmente tra la vegetazione. Le cicale sembravano radunate attorno all'ingresso della grotta, come se fossero attratte da qualcosa all'interno, qualcosa di invisibile ma irresistibile. L'immagine era disturbante e Bet non riusciva a capire se fosse solo la sua immaginazione o se ci fosse davvero qualcosa di malvagio in quella scena.

Il disco stesso sembrava vecchio, ma non troppo usurato. Non c'erano indicazioni sul retro riguardo all'anno di pubblicazione o all'artista. Sembrava un prodotto dimenticato da tutti, ma in qualche modo conservato intatto in quel luogo. Bet sentì un brivido che le percorreva lungo la schiena mentre esaminava il disco. C'era qualcosa di sbagliato in tutto questo, ma non riusciva a staccare gli occhi da quella copertina.

Decise di portarlo con sé. Anche se la logica le diceva di lasciarlo lì, c'era qualcosa che la spingeva a scoprire di più. "Chiederò a mia madre" pensò, "Magari lei sa qualcosa su questo disco e sul negozio".

Con il disco in mano, Bet si avviò verso l'uscita. Mentre si girava per andarsene le sembrò di sentire un suono appena percettibile, diverso dal frinire delle cicale. Era come un sussurro, un mormorio distante che proveniva da qualche parte nell'ombra. Si fermò, cercando di capire da dove venisse quel suono, ma tutto quello che sentì fu il battito accelerato del suo cuore.

Bet uscì dal negozio con un senso di inquietudine che non riusciva a spiegare, il disco stretto tra le mani come un pezzo di un puzzle che non sapeva ancora come mettere insieme. Richmond stava cominciando a rivelare i suoi segreti, e Bet sentiva che questo era solo l'inizio.

Capitolo 3: Il Richiamo del Passato

Il mattino successivo si presentò con un sole che sorgeva pigro dietro l'orizzonte, avvolgendo Richmond in una luce dorata, ingannevolmente pacifica. Bet si svegliò con una sensazione di malessere, la testa pesante e il corpo avvolto in un torpore che non riusciva a scrollarsi di dosso. Il frinire delle cicale, che sembrava aver invaso persino i suoi sogni, continuava incessante fuori dalla finestra, come un filo sottile e persistente che legava la realtà alla dimensione onirica.

Nonostante fosse solo mattina, l'aria era già calda, densa di umidità, e sembrava aggrapparsi alla pelle. Il caldo soffocante di quell'estate era diventato una presenza costante, quasi una figura invisibile che seguiva Bet ovunque andasse, amplificando il suo senso di disagio e incertezza.

Si mise addosso un paio di jeans corti e scese in cucina trovando sua madre già indaffarata con la colazione. L'odore familiare del caffè e del pane tostato la avvolse, ma c'era qualcosa di diverso nell'aria, una tensione sottile che non riusciva a definire. Margaret, muovendosi con una fretta insolitamente nervosa, si limitò a sorriderle quando Bet le augurò il buongiorno, ma il sorriso non raggiunse mai i suoi occhi.

Bet si sedette al tavolo, fissando il piatto di uova strapazzate davanti a sé. Aveva perso l'appetito, ma si costrinse a mangiare comunque, come per rispettare un rituale che la collegava a una normalità ormai lontana. Ogni boccone era privo di sapore, come se il cibo fosse solo una formalità, un gesto vuoto. Il caffè scendeva nello stomaco pesante come un macigno. Il caldo soffocante sembrava amplificare ogni sensazione, rendendo tutto più intenso e insopportabile.

Bet non riusciva a scrollarsi di dosso la sensazione di disagio, accentuata dal calore che sembrava amplificare ogni emozione negativa. Il pensiero del disco trovato il giorno prima la tormentava. Così, dopo colazione, decise di dare un'occhiata più approfondita. Tornò in camera, prese il disco dalla borsa e lo posò sul letto. La copertina sbiadita e l'inquietante immagine sul retro sembravano trasudare un'energia negativa, un peso che si faceva sentire sempre più forte.

Prese il vecchio giradischi e mise il disco sul piatto. Quando abbassò la puntina, ci fu un momento di silenzio, seguito dal leggero crepitio del vinile che Bet trovava stranamente confortante. Ma appena il frinire delle cicale cominciò a uscire dalle casse, quella sensazione si trasformò in una sottile angoscia. Il suono era identico a quello che aveva udito per tutta la notte, ma c'era qualcosa di più, un tono inquietante che sembrava insinuarsi sotto la pelle, facendo crescere dentro di lei un senso di malessere.

Il frinire si fece sempre più intenso, avvolgendo la stanza in un'atmosfera soffocante. Bet chiuse gli occhi, cercando di concentrarsi, ma il suono la disorientava, le faceva perdere la cognizione del tempo. Sembrava che il frinire la stesse risucchiando in una spirale di confusione e paura.

Improvvisamente, la porta della sua camera si spalancò con un colpo secco. Margaret entrò di corsa, il viso pallido e gli occhi spalancati dal terrore. Senza dire una parola, si avvicinò al giradischi e, con un gesto irruento, sollevò la puntina, interrompendo bruscamente il suono. Poi, senza esitare, afferrò il disco e la sua copertina, stringendoli con una mano tremante.

"Mamma!" esclamò Bet, sorpresa dalla reazione irruenta della madre. "Che stai facendo?"

Margaret non rispose subito. Con il disco stretto al petto, guardò Bet con uno sguardo carico di preoccupazione. "L'hai ascoltato tutto?" chiese, la voce che tremava leggermente.

"No, solo una parte... perché?" Bet la guardava confusa con il cuore che le batteva forte.

Margaret chiuse gli occhi per un istante come se stesse cercando di calmarsi, poi li riaprì fissando Bet con intensità. "Questo disco... non va ascoltato. Non capisci cosa potrebbe fare."

"Ma cosa c'è di così pericoloso in un vecchio disco?" chiese Bet cercando di comprendere l'angoscia della madre.

Margaret scosse la testa, i suoi occhi erano ancora fissi su di lei. "Alcune cose, Bet, devono rimanere nel passato. Non sono fatte per essere ascoltate... o capite. Non posso spiegarti tutto, ma devi fidarti di me. Stai lontano da questo disco."

Bet sentì un brivido lungo la schiena. "Ma... perché? Perché non posso ascoltarlo? Cosa sai che mi nascondi?"

Margaret si prese la testa tra le mani, come se stesse lottando con pensieri che non voleva condividere. "Non è il disco, Bet... è quello che potrebbe risvegliare."

Il cuore di Bet accelerò, ma la madre si rifiutava di dire altro. "Cosa devo fare?"

Margaret la fissò, gli occhi pieni di una disperazione che Bet non aveva mai visto prima. "Non ascoltarlo mai più. Promettimi che non cercherai di capire di più. Alcuni segreti sono troppo pericolosi."

Bet annuì lentamente, il cuore colmo di paura e confusione. Non riusciva a comprendere appieno la portata di ciò che sua madre stava dicendo, ma sapeva che il terrore che vedeva nei suoi occhi era reale. Margaret si voltò e, con il disco ancora stretto al petto, uscì dalla stanza senza dire altro.

Bet rimase immobile per un momento, cercando di assimilare quanto appena accaduto. Poi, un pensiero improvviso la colpì: dove avrebbe portato sua madre quel disco? E perché sembrava così terrorizzata? La curiosità, mescolata a un senso di urgenza, prese il sopravvento.

Senza far rumore, Bet si alzò e seguì sua madre furtivamente giù per le scale. Margaret si muoveva con una fretta inusuale, come se volesse sbarazzarsi del disco il più rapidamente possibile. Bet, col cuore in gola, la seguì a distanza cercando di non farsi notare.

Margaret uscì dalla casa e si diresse verso il vecchio capanno degli attrezzi in fondo al giardino. Era un luogo che Bet ricordava appena, un edificio ormai in disuso, con la porta cigolante e le finestre sporche di polvere. Il caldo fuori era ancora più opprimente e il rumore assordante delle cicale rendeva ogni passo più faticoso. Margaret aprì la porta del capanno e scomparve all'interno. Bet si avvicinò, rimanendo nascosta dietro un grande albero, osservando la scena attraverso una fessura della porta socchiusa.

Vide sua madre aprire una vecchia cassa di legno, una di quelle che si usavano per conservare oggetti preziosi o pericolosi. Margaret vi ripose il disco con estrema cautela, quasi con reverenza, come se stesse maneggiando un oggetto sacro o maledetto. Poi chiuse la cassa, girando un vecchio lucchetto arrugginito e nascose la chiave sotto una pietra accanto alla cassa.

Bet trattenne il respiro mentre Margaret usciva dal capanno, chiudendosi la porta alle spalle. Rimase immobile per qualche istante, aspettando che sua madre fosse abbastanza lontana, poi si avvicinò furtivamente al capanno. Il suo cuore batteva forte nel petto mentre apriva la porta cigolante ed entrava nell'oscurità. La luce filtrava appena dalle finestre coperte di polvere, creando un'atmosfera opprimente.

Si avvicinò alla cassa, il lucchetto ancora chiuso con la chiave nascosta sotto la pietra. Il desiderio di aprirla era fortissimo, ma allo stesso tempo Bet sentiva una paura crescente con un timore che le impediva di agire. Dopo un lungo momento di esitazione, decise di fare in fretta; prese la chiave e aprì la cassa mentre il sudore le colava dalla fronte per la paura di essere vista dalla madre. Richiuse la porta del capanno e tornò lentamente verso casa, con un'inquietudine che la seguiva come un'ombra.

Salì di fretta in camera e nascose il disco in una larga borsa. Scese in cucina, Margaret era fuori in giardino, poteva vederla attraverso la grande finestra che dava verso l'esterno. Mentre beveva un sorso di caffè, Bet sentì un'urgenza indefinibile di uscire di casa. Decise che doveva parlare con qualcuno di fidato, qualcuno che potesse aiutarla a fare chiarezza su ciò che stava accadendo. L'immagine di James, il suo amico d'infanzia, le venne in mente quasi immediatamente. Se c'era qualcuno che poteva capire l'importanza di quel disco, era lui.

Prese la borsa con il vinile, le chiavi della sua vecchia Ford e uscì. L'aria estiva la colpì come una muraglia appena varcò la soglia. Il calore era quasi insopportabile, denso di umidità e polvere, e ogni passo verso l'auto sembrava più faticoso del precedente. Salì in macchina e avviò il motore, che tossì per un momento prima di accendersi. Abbassò i finestrini nel vano tentativo di far entrare un po' d'aria fresca, ma tutto ciò che ottenne fu un soffio caldo che la colpì in pieno volto.

Mentre guidava per le strade di Richmond, i suoi pensieri cominciarono a vagare indietro nel tempo. Ogni angolo della città sembrava racchiudere un ricordo. C'era il vecchio cinema dove lei e James andavano a vedere i film horror il sabato sera, ridendo e scherzando per non mostrare quanto fossero realmente spaventati. Ricordava le corse in bicicletta lungo le strade sterrate, con il vento che le scompigliava i capelli e la risata di James che riempiva l'aria. Lui era sempre stato così: un'anima libera, un ribelle gentile che viveva per la musica e sognava di diventare un grande musicista, anche se la vita sembrava opporsi a ogni suo tentativo.

Bet non lo aveva mai detto a nessuno, ma da ragazzina era segretamente innamorata di James. Lo ammirava da lontano, tenendo per sé quei sentimenti che le riempivano il cuore ogni volta che lo vedeva suonare la chitarra, le dita che scorrevano sulle corde con una grazia che sembrava naturale solo a lui. Aveva sempre trovato il coraggio di essere sua amica, ma non di più. C'erano state volte in cui si era chiesta se James avesse mai notato qualcosa nei suoi occhi, qualche scintilla di quell'amore che cercava di nascondere.

Anche ora, mentre guidava verso di lui, Bet sentiva il cuore battere un po' più forte. Erano passati anni, e le cose erano cambiate, lei era cambiata ed era dovuta andare via, ma quei sentimenti non erano mai svaniti del tutto, il suo cuore lo sapeva bene. Si chiedeva come fosse ora, cosa fosse rimasto del ragazzo che aveva conosciuto. Si era immaginata spesso come sarebbe stato rivederlo, se il tempo avesse modificato il loro legame o se sarebbe stato come se non fosse passato nemmeno un giorno.

Dopo qualche chilometro, raggiunse la casa di James, una vecchia casa coloniale che si ergeva alla fine di una strada sterrata. Il giardino era trascurato, l'erba alta e ingiallita dal sole implacabile e le piante sembravano aver ceduto al caldo opprimente. Bet spense il motore e uscì dall'auto, sentendo il terreno asciutto e polveroso scricchiolare sotto i suoi piedi. Il caldo era soffocante e l'aria carica dell'odore secco della terra.

Rimase per un momento davanti alla porta, incerta su cosa aspettarsi. Non vedeva James da anni e il ricordo di lui era legato ai tempi spensierati dell'infanzia, quando Richmond era solo una piccola città tranquilla e il mondo sembrava privo di ombre. Bet si fece coraggio e bussò, il suono rimbombò nell'aria satura e coperta dal suono del frinire delle cicale.

Ci fu un momento di silenzio, poi sentì dei passi lenti avvicinarsi dall'interno. La porta si aprì con un cigolio e James apparve sulla soglia. Aveva un aspetto stanco, con la barba incolta e i capelli scompigliati, ma quando i suoi occhi incontrarono quelli di Bet, si aprì in lui un sorriso sorpreso.

"Bet!" esclamò con entusiasmo genuino, sgranando i suoi grandi occhi castani. Senza pensarci due volte la afferrò per le spalle e la tirò a sé in un abbraccio caloroso come se il tempo non fosse mai passato.

Bet rimase per un istante immobile e stretta tra le sue braccia forti, sorpresa dalla familiarità di quel gesto, poi si abbandonò all'abbraccio, sentendo il calore del suo corpo contro il proprio. Una strana eccitazione le attraversò il petto, un misto di nostalgia e di qualcosa di più profondo, che pensava di aver seppellito anni prima. Forse quel sentimento che aveva provato da ragazzina era ancora lì, nascosto sotto la superficie, pronto a riemergere.

"È passato così tanto tempo," mormorò Bet, tra il rumore incessante delle cicale, cercando di controllare il tremito nella voce mentre si staccava leggermente da lui, senza però distogliere lo sguardo di un millimetro.

James la guardò con un sorriso che sembrava voler dire più di quanto le parole potessero esprimere. "Troppo tempo," rispose, la voce carica di dolcezza. "Come stai? Dove sei stata? Come te la cavi nella vita?"

Bet sorrise con un misto di timidezza e sincerità. "Me la cavo," rispose, cercando di mantenere il tono leggero. "Dopo l'università ho lavorato un po' qua e là a New York in cerca della mia strada, sono stata in città per un po', ora sono tornata qui a Richmond per prendermi cura di mia madre."

James annuì, ascoltando con attenzione, come se ogni parola fosse importante. "Mi fa piacere che tu sia tornata" disse con genuinità. "La vita qui non è cambiata molto, ma immagino che anche tu abbia avuto modo di fare nuove esperienze."

"Beh, sì," disse Bet, giocherellando con una ciocca di capelli come faceva da ragazzina quando era nervosa. "Ma è strano come le cose che lasciamo indietro continuino a tornare. Richmond ha sempre avuto una sorta di... magnetismo, non credi?"

"Assolutamente," rispose James con un sorriso, poi la invitò a entrare. "Vieni, siediti. Ho qualcosa da mostrarti."

Entrando in casa, Bet notò che oltre ai vinili, c'erano diversi strumenti musicali sparsi per la stanza: una chitarra appoggiata a una sedia, un vecchio pianoforte nell'angolo e persino un basso elettrico su un supporto. Ma ciò che catturò davvero la sua attenzione fu un piccolo studio di registrazione improvvisato in una stanza adiacente, con microfoni, cuffie e un computer carico di programmi di registrazione. Era chiaro che James non aveva mai abbandonato il suo sogno musicale.

"Wow, hai davvero messo su un bel setup qui" disse Bet, guardandosi intorno con ammirazione.

"Non è niente di speciale" rispose James con modestia, anche se Bet poteva vedere un lampo di orgoglio nei suoi occhi. "Ma mi tiene occupato. Ho passato gli ultimi anni a scrivere e registrare un po' di musica. Non è facile, ma è ciò che amo fare."

"Sei sempre stato un musicista nell'anima" disse Bet, sentendo una strana emozione crescere dentro di lei mentre guardava James con aria sognante. Il suo cuore batteva più forte al pensiero di quanto lo avesse sempre ammirato e, forse, amato segretamente.

James la fece accomodare nel soggiorno, dove l'aria era fresca grazie a un vecchio ventilatore che ronzava pigramente in un angolo. Anche se la stanza era in ombra, Bet notò che era piena di dischi, vecchi vinili e pile di riviste musicali, come se il tempo si fosse fermato in quegli oggetti.

Si sedettero su un divano di tessuto grigio chiaro consumato dal tempo e Bet tirò fuori il disco che aveva recuperato dal capanno prima di uscire. Quando lo posò sul tavolino James lo guardò con interesse ma anche con un leggero accenno di preoccupazione.

"Dove hai trovato questo?" chiese con aria sorpresa, esaminando la copertina sbiadita.

"Nel vecchio negozio di dischi" rispose Bet. "Ma c'è qualcosa di strano in esso. Quando l'ho ascoltato... non saprei come spiegartelo, James, ma c'è qualcosa di sbagliato in quel suono."

James rimase in silenzio per un momento, poi annuì lentamente. "Ho sentito parlare di dischi come questo... dischi che non dovrebbero esistere.

Sono come segnali, chiavi per qualcosa che è meglio non aprire."

Bet sentì un brivido correrle lungo la schiena. "Mia madre lo sapeva. Quando l'ha visto, si è spaventata. L'ha nascosto... e mi ha detto di non ascoltarlo mai più."

James rifletté su quelle parole. "Potrebbe avere ragione. A volte ci sono cose che è meglio non svelare. Ma se sei qui, significa che vuoi scoprire la verità, vero?"

Bet annuì. "Non posso farne a meno, James. C'è qualcosa in quel disco e in Richmond che non mi lascia in pace. Le cicale... il suono...il disco, tutto è collegato. Devo capire cosa sta succedendo."

James sospirò, guardando il disco con un'espressione che Bet non riusciva a decifrare del tutto. "Se è questo che vuoi... allora dobbiamo essere molto cauti. Potrebbe non piacerci ciò che troveremmo."

La tensione nell'aria sembrava crescere insieme al caldo che continuava a salire, rendendo l'atmosfera ancora più opprimente. Bet sapeva di aver appena fatto un passo verso un territorio sconosciuto e pericoloso, ma non poteva più tornare indietro. Le ombre del passato stavano cominciando a emergere e lei doveva affrontarle.

Capitolo 4: Verso l'Ignoto

Bet e James decisero di non perdere tempo. Il caldo soffocante di quel giorno sembrava aumentare la tensione che entrambi provavano, un'ansia crescente che li spingeva a voler scoprire cosa si nascondesse dietro quel disco misterioso. Dopo aver discusso ancora un po' nel soggiorno, James propose di ascoltare insieme il disco nel suo piccolo studio di registrazione, dove avrebbero potuto analizzare il tutto meglio senza essere disturbati.

"Se c'è qualcosa di nascosto in questa musica" disse James, "lo scopriremo qui."

Bet esitò per un momento, ricordando le parole di sua madre, ma alla fine acconsentì. Sapeva che ormai era troppo tardi per tornare indietro. Doveva sapere cosa stava accadendo, anche se questo significava affrontare qualcosa di ignoto e potenzialmente pericoloso.

James prese il disco con mani delicate, quasi come se temesse di rompere qualcosa di fragile e prezioso. Lo posizionò sul piatto di un giradischi nel suo studio, un ambiente piccolo e raccolto, pieno di strumenti musicali, cavi e apparecchiature audio. Bet notò la professionalità con cui James maneggiava tutto e per un istante si sentì rassicurata dalla sua presenza, come se il tempo non avesse cambiato nulla tra di loro.

"Pronta?" chiese James, fissandola per un attimo, cercando forse un ultimo segnale di esitazione in lei.

Bet annuì, anche se il suo cuore batteva più forte. "Sì, vai."

James abbassò la puntina sul disco e il leggero crepitio del vinile riempì la stanza, seguito dal suono del frinire delle cicale, lo stesso suono che Bet aveva sentito la notte prima incessantemente e tutto il giorno lungo le strade della città. Ma c'era di più: ora che lo ascoltava con attenzione, in un ambiente così isolato, sembrava percepire una sorta di melodia nascosta, quasi impercettibile, ma presente. Una melodia che fluiva e ondeggiava, evocando immagini di foreste oscure e sentieri abbandonati.

James ascoltava in silenzio, con lo sguardo concentrato ma Bet poteva vedere un cambiamento nei suoi occhi. C'era qualcosa in quella musica che stava toccando corde profonde dentro di lui, qualcosa che lo turbava. Bet si sentiva sempre più inquieta mentre il suono continuava a riempire la stanza, avvolgendoli come una coltre di oscurità.

All'improvviso il suono delle cicale cambiò diventando più acuto, più stridente, come un grido di allarme. James sobbalzò e, con un gesto rapido, sollevò la puntina dal disco, interrompendo bruscamente la musica. Ma invece di trovarsi in silenzio, un'ondata di oscurità li avvolse. I due svennero simultaneamente, senza nemmeno accorgersene.

Nel momento in cui persero conoscenza, si trovarono entrambi immersi in un sogno vivido e spaventoso. Davanti a loro si apriva una foresta scura, avvolta in un'atmosfera soffocante. Il frinire delle cicale era assordante, un suono continuo e penetrante che sembrava provenire da ogni direzione. Gli alberi erano contorti, le loro ombre minacciose e la sensazione di essere osservati si faceva sempre più intensa. In fondo alla foresta, tra le fronde oscure, si intravedeva una grotta, un'apertura nera e profonda che emanava un senso di pericolo e inquietudine imminenti.

Le cicale, numerose e frenetiche, sembravano essersi radunate attorno a quella grotta, come se ne fossero attratte, richiamate da qualcosa di antico e malvagio. Il suono del loro frinire cresceva di intensità, fino a diventare quasi insostenibile, un urlo che penetrava le orecchie e la mente, costringendo Bet e James a portarsi le mani alla testa nel vano tentativo di bloccarlo.

Quando si risvegliarono, storditi e confusi, il vinile continuava a girare sul piatto, anche se la puntina era sollevata, sospesa sopra di esso. Per qualche istante rimasero immobili, cercando di riprendersi, con il cuore che batteva all'impazzata e il respiro affannoso. I loro volti erano pallidi, quasi spettrali e il silenzio nella stanza era rotto solo dal ronzio del ventilatore e dal leggero fruscio del giradischi.

"James..." Bet fu la prima a parlare con la voce tremante. "Hai visto anche tu... quella foresta? La grotta? Cos'era?"

James annuì lentamente con gli occhi ancora pieni di paura e confusione. "Sì... l'ho vista. Era così reale, Bet. Il suono delle cicale... era ovunque. E quella grotta..."

Si fermò, come se non riuscisse a trovare le parole per descrivere ciò che aveva visto. Poi si voltò di scatto verso la copertina del disco che giaceva sul tavolino. Bet seguì il suo sguardo e sentì nuovamente un brivido percorrerle la schiena.

Sulla copertina posteriore del disco c'era un'immagine che entrambi avevano notato, ma a cui non avevano prestato troppa attenzione prima: una foresta oscura, con una sorta di grotta in fondo. Era esattamente la scena che avevano appena visto nella loro visione. Le cicale che sembravano pulsare all'unisono con la musica erano raffigurate sui rami degli alberi contorti, come un sinistro presagio.

"È la stessa foresta…" sussurrò Bet, quasi incredula. "E la grotta... è la stessa che abbiamo visto."

James si lasciò cadere su una sedia, passandosi una mano tremante tra i capelli. "Questo disco non è solo un oggetto, Bet. C'è qualcosa di più... qualcosa che non dovrebbe esistere. Quella visione... non so cosa significhi, ma è legata a questo disco."

Bet cercò di mantenere la calma, ma la paura stava crescendo dentro di lei. "Dobbiamo capire cosa sta succedendo, James. Ma dobbiamo essere molto attenti. Qualunque cosa sia questa... non può essere buona."

James annuì, ancora scosso. "Devo lavorarci ancora. Forse c'è qualcosa che possiamo fare per decifrare meglio cosa ci sta mostrando questo disco. Ma è chiaro che non si tratta solo di musica."

Bet guardò di nuovo l'immagine sulla copertina, cercando di capire come qualcosa di così innocuo potesse nascondere un potere così oscuro. "È come se il disco fosse una porta" disse piano "e ascoltandolo, abbiamo iniziato ad aprirla."

James la guardò, il volto serio. "E dobbiamo decidere se vogliamo attraversarla."

Il silenzio che seguì fu carico di tensione, entrambi consapevoli del pericolo che stavano affrontando. Ma sapevano che non c'era più via di ritorno. Dovevano scoprire la verità, anche se questo significava affrontare l'oscurità che avevano intravisto nella loro visione.

James si alzò dalla sedia, apparentemente più calmo, anche se il pallore del suo volto tradiva l'inquietudine che provava. "Bet," disse con un tono più pacato, "lasciami il disco. Voglio lavorarci un po' domani mattina, con la mente più fresca. Forse posso trovare qualcosa che ci aiuti a capire."

Bet esitò un istante, ma sapeva che James era la persona più adatta a occuparsi del disco. "Va bene," rispose, porgendogli l'oggetto con mani leggermente tremanti. "Ma fai attenzione, James. Questo non è un disco qualunque."

James annuì, stringendo il disco con una mano decisa. "Lo so. Stai tranquilla, Bet. Ci sentiamo domani."

Bet lasciò la casa di James con un senso di inquietudine che sembrava crescere a ogni passo verso la sua auto. Il caldo della sera era ancora opprimente, e l'aria sembrava carica di una tensione indescrivibile. Mentre guidava verso casa, il frinire delle cicale sembrava seguirla, più forte e più insistente di prima.

Arrivata a casa, notò subito qualcosa di strano: il suono delle cicale non si era affievolito con il calare della notte, come avrebbe dovuto. Al contrario, sembrava più assordante che mai, un frinire continuo che riempiva l'aria di un'energia disturbante. Bet scese dall'auto, il cuore che le batteva forte, e si diresse verso la porta di casa.

Entrando, la trovò in uno stato che non si aspettava. Tutte le finestre erano aperte, e il suono delle cicale riempiva ogni angolo della casa, amplificato e rimbombante tra le pareti. La luce era fioca, e l'aria calda della notte sembrava circolare liberamente, mescolandosi con un senso di inquietudine che rendeva l'ambiente quasi irrespirabile.

"Mamma?" chiamò Bet, avanzando con cautela. La trovò in soggiorno, seduta su una sedia, lo sguardo fisso nel vuoto. Margaret era in uno stato catatonico, gli occhi vitrei e l'espressione completamente assente.

"Mamma!" ripeté Bet, questa volta con più forza, scuotendo leggermente la madre per farla reagire. Ma Margaret non rispondeva, come se non la sentisse nemmeno. Bet si accorse con orrore che il frinire delle cicale sembrava avere un effetto ipnotico su di lei, tenendola intrappolata in quel torpore.

Senza perdere tempo, Bet iniziò a chiudere tutte le finestre, una dopo l'altra, cercando di bloccare quel suono assordante che sembrava penetrare ogni fibra della casa. Ogni finestra chiusa sembrava alleviare leggermente il frinire, ma il suono era ancora troppo forte, troppo presente per essere completamente ignorato.

"Mamma, svegliati!" disse Bet, questa volta con più urgenza, mentre chiudeva l'ultima finestra. Si inginocchiò accanto a Margaret, prendendole le mani fredde tra le sue. "Per favore, mamma, svegliati!"

Dopo quello che sembrò un'eternità, Margaret finalmente batté le palpebre, come se si risvegliasse da un lungo sonno. Si guardò intorno, confusa, e poi fissò Bet con uno sguardo che era un misto di terrore e smarrimento.

"Bet?" chiese con voce debole, come se non fosse sicura di dove si trovasse. "Cosa... cosa è successo?"

Bet la abbracciò con forza, sollevata dal vederla finalmente rispondere. "Non lo so, mamma. Ma sei stata... eri in uno stato catatonico, e il suono delle cicale... era ovunque."

Margaret si portò una mano alla testa, ancora visibilmente stordita. "Non ricordo nulla... l'ultima cosa che ricordo è di aver aperto le finestre per far entrare un po' d'aria... poi... tutto è confuso."

Bet la aiutò a sollevarsi dalla sedia e la accompagnò in camera, dove la fece sdraiare sul letto. "Riposa un po', mamma," disse con gentilezza, anche se dentro di sé era ancora sconvolta. "Domani parleremo con calma."

Margaret annuì debolmente, chiudendo gli occhi mentre Bet la copriva con una coperta leggera. Bet rimase accanto a lei per qualche istante, osservandola respirare lentamente, finché non si addormentò profondamente.

Bet si allontanò dalla stanza, sentendosi esausta e sconvolta. Mentre chiudeva la porta della camera di sua madre, il suono delle cicale sembrava ancora echeggiare nelle sue orecchie, un frinire incessante che non voleva smettere. Si sedette sul divano del soggiorno, la mente un turbine di pensieri.

Quella notte, nonostante la stanchezza, Bet non riuscì a trovare pace. Il suono delle cicale, anche se attutito dalle finestre chiuse, continuava a riecheggiare nella sua mente, mescolandosi con le immagini della visione che aveva condiviso con James. Era chiaro che il disco aveva scatenato qualcosa, qualcosa che andava oltre la semplice musica. Ma cosa? E come potevano fermarlo?

Il giorno successivo avrebbe portato nuove risposte, ma Bet sapeva che la strada davanti a loro era pericolosa e piena di incognite. E mentre la notte avanzava, il frinire delle cicale continuava, come un oscuro presagio che non voleva lasciare spazio al silenzio.

Capitolo 5: Il Risveglio della Follia

Bet si svegliò la mattina seguente confusa e preoccupata per sua madre, che come al solito era indaffarata in cucina a preparare la colazione.

"Mamma, come ti senti?" disse Bet con un filo di voce.

Margaret la guardò con occhi tristi senza dire una parola, continuando a preparare il pane tostato e le uova come se fare le stesse cose ogni mattina le desse un senso di normalità. "Vuoi un caffè, cara?"

"Mamma!" disse Bet con voce ferma e lo sguardo preoccupato, cercando di non far trapelare il suo stato d'animo confuso, "Cos'è successo ieri? Perché quel vinile ti ha scatenato quella reazione? Ho bisogno di sapere."

Margaret distolse lo sguardo, "Ti ho già detto che ci sono cose che è meglio non sapere, ora prendi un caffè, l'ho appena fatto." disse porgendole una tazza colma di caffè.

Bet aveva capito che la madre nascondeva qualcosa, tra di loro c'era sempre stato un rapporto superficiale, le due non si erano mai parlate davvero di come si sentivano nelle situazioni difficili della vita. Per quello per Bet c'era stato il padre, che senza sforzo riusciva sempre ad entrare facilmente nei suoi stati d'animo. Con lui Bet non aveva nemmeno bisogno di spiegare, lui con uno sguardo riusciva a capire cosa lei avesse nel cuore.

Con sua madre era difficile, non riusciva ad entrare nella sua testa ed era impenetrabile come un muro in cemento, ma questa volta aveva notato qualcosa di diverso negli occhi di Margaret: il suo sguardo malinconico non impediva di leggere sul suo volto il dolore legato a qualcosa che Bet non riusciva a comprendere. E soprattutto sapeva di doversi prendere cura lei di sua mamma quando nessun altro avrebbe potuto. Aveva deciso di tornare a Richmond per questo ed era intenta ad andare fino infondo, a rimediare a tutto il tempo che era stata assente, a mettere una pietra sopra i loro screzi e perdonare la madre per essere stata spesso spigolosa con lei.

Quindi decise di restare in ascolto delle sue sensazioni nella speranza che la madre le dicesse qualcosa.

Lo sguardo di Margaret si fece più cupo, una lacrima solcò la sua guancia, mentre finiva di preparare le uova e si asciugò con il dorso della mano con un movimento impercettibile per non fasi vedere da Bet.

"Mamma, che succede?" irruppe Bet con voce quanto più dolce possibile. "So che io e te non abbiamo mai parlato, specialmente dalla morte di papà. Ma sono venuta da New York per te e se non mi importasse di te non sarei qui. So che sta succedendo qualcosa di strano e sento che mi stai nascondendo qualcosa di importante, quindi ti prego, ora dimmi cosa succede così che io possa aiutarti."

Margaret spense le uova crollando in un pianto disperato ripiegata su se stessa. Bet si alzò dalla sedia sulla quale era seduta e le andò vicino mettendole dolcemente una mano sulla spalla. "Vieni, sediamoci sul divano" disse Bet.

Margaret si trascinò singhiozzando sul divano e per un momento le sembrava di non respirare.

"Raccontami tutto" disse Bet sostenendola.

"Tuo padre" disse Margaret con un filo di voce che quasi le spezzava il fiato, "Il disco...quel disco. Non devi ascoltarlo! Quel vinile è portatore di morte e oscurità e chiunque ne venga in possesso…" Margaret non riuscì a finire la frase, le sue mani tremavano mentre le portava sugli occhi per coprire l'orrore dei suoi ricordi.

Bet non riusciva a capire, "Cosa c'entra il disco con papà?"

Margaret non rispose, ma il suo sguardo lasciava trapelare tanto dolore. Le lacrime cadevano copiose. Bet non aveva mai visto sua madre in quello stato. La strinse forte a lei decisa ad andare infondo a questa storia

Provò a chiamare James, ma il suo telefono sembrava non prendere. Decise che avrebbe lo avrebbe raggiunto più tardi, ma prima voleva fare un giro in città per capire meglio cosa stava accadendo.

Bet uscì di casa con il cuore pesante, sentendo una crescente inquietudine che non riusciva a spiegarsi. Il frinire delle cicale era diventato un rumore di fondo costante, un suono che sembrava insinuarsi nella sua mente, amplificandosi ad ogni passo che faceva verso la macchina. Il caldo soffocante dell'estate avvolgeva la città in una cappa opprimente, e Bet avvertiva una strana tensione nell'aria, come se qualcosa di invisibile stesse modificando l'atmosfera attorno a lei.

Quando salì in macchina e girò la chiave, il motore tossì due volte prima di avviarsi. Bet sentì il cuore accelerare mentre il veicolo sembrava resistere all'idea di partire. Era solo una vecchia auto, ma il momento non poteva essere peggiore per un guasto. Quando finalmente il motore si accese, Bet lasciò andare un respiro che non si era accorta di trattenere e partì lentamente, cercando di scrollarsi di dosso quella sensazione di disagio che la tormentava. Aveva deciso di recarsi alla biblioteca, sperando di trovare un po' di pace e, forse, qualche risposta.

Mentre guidava per le strade di Richmond, si accorse subito che c'era qualcosa di diverso. Non erano le solite scene di vita quotidiana che la città le aveva sempre offerto; c'era qualcosa di disturbante in tutto ciò che vedeva.

Le strade, di solito animate da persone che chiacchieravano o si affrettavano a sbrigare le loro faccende, erano quasi deserte. Le poche persone che Bet incontrava lungo il percorso sembravano muoversi in modo strano, quasi come se fossero scollegate dalla realtà che le circondava.

Una figura familiare attirò la sua attenzione: Sarah Miller, una donna che Bet conosceva da sempre e che era sempre stata un modello di grazia e compostezza, era all'ingresso della vecchia chiesa di Richmond. La sua figura sembrava fuori posto, come un'ombra distorta contro le porte massicce dell'edificio. Bet si fermò e guardò meglio, notando con orrore che una delle gambe di Sarah pendeva in modo innaturale, visibilmente rotta, con la pelle che aveva assunto un colore bluastro e livido. Ma ciò che fece gelare il sangue nelle vene di Bet fu l'espressione sul volto di Sarah: un sorriso inquietante, quasi estatico, mentre con una mano si aggrappava alla maniglia della porta della chiesa, come se fosse pronta a entrare.

Bet sentì un impulso irrefrenabile di intervenire, ma qualcosa la trattenne. Sarah si dondolava avanti e indietro, mormorando una sorta di preghiera incomprensibile, le parole che uscivano dalla sua bocca senza un vero significato. Ogni tanto il suo corpo tremava, come se fosse scosso da un brivido, ma non sembrava affatto consapevole della gravità della sua ferita. Bet si accorse che il piede rotto di Sarah toccava il suolo solo parzialmente, oscillando in modo inquietante ad ogni movimento. La scena aveva un'aria di irrealtà, come se Bet stesse osservando un dipinto disturbante.

Improvvisamente, il sorriso di Sarah si allargò in un ghigno e lei emise un suono che Bet non riuscì a interpretare, un misto tra una risata e un singhiozzo. Il cuore di Bet martellava nel petto e si rese conto che non poteva restare lì. Spinta da un crescente senso di terrore, rimise in moto la macchina e si allontanò rapidamente, cercando di dimenticare quella visione agghiacciante.

Continuando il tragitto verso la biblioteca, Bet si rese conto che la follia che sembrava serpeggiare per la città non era limitata a pochi individui. Quando svoltò in una strada secondaria, vide la signora Anderson, una vedova anziana che conosceva da sempre, ferma accanto al nipote. Il giovane, che Bet ricordava come un ragazzo vivace e gentile, era ora completamente immobile, lo sguardo perso nel nulla. Le braccia erano rigide lungo i fianchi, e dalla base delle orecchie scendevano rivoli di sangue, macchiando il colletto della sua camicia bianca.

Bet rallentò, il respiro che si faceva più corto mentre osservava quella scena assurda. La signora Anderson, di solito dolce e premurosa, stava ora urlando contro il nipote con una ferocia che Bet non le avrebbe mai attribuito. Le sue parole erano piene di rabbia, imprecazioni che facevano male solo a sentirle. Ma ciò che era ancora più sconvolgente era che il ragazzo non reagiva, non mostrava alcuna emozione, come se non sentisse né il dolore né le urla. I suoi occhi erano vuoti, il suo sguardo fisso su un punto lontano, come se la sua mente fosse già andata via.

Bet sentì un'ondata di nausea travolgerla. Non riusciva a comprendere come fosse possibile tutto ciò. Nonostante l'istinto le dicesse di

intervenire, il terrore la trattenne. Era come se una parte di lei sapesse che non poteva fare nulla per aiutare quel ragazzo, che qualcosa di terribilmente sbagliato stesse accadendo e che lei non fosse in grado di fermarlo. Con il cuore in gola, accelerò e si allontanò da quella scena, sentendo la disperazione crescere dentro di sé.

Poco prima di arrivare alla biblioteca, Bet notò un'altra scena inquietante. Amelia Anderson, una giovane madre che Bet conosceva da anni, stava scuotendo furiosamente un passeggino lungo la strada. Il volto di Amelia era contorto in un'espressione di rabbia feroce, un ghigno che Bet non le aveva mai visto prima. E il rumore... un pianto disperato di un bambino riempiva l'aria, straziante e acuto.

Bet decise di intervenire. Amelia non aveva mai mostrato segni di violenza, e quel comportamento era del tutto fuori dal normale. Parcheggiò la macchina e si avvicinò cautamente, il cuore che batteva forte nel petto. "Amelia, va tutto bene?" chiese, la voce più tremante di quanto avrebbe voluto.

Amelia non rispose subito, continuando a scuotere il passeggino come se fosse completamente assorbita da quell'azione. Quando finalmente alzò lo sguardo, i suoi occhi erano vitrei, privi di riconoscimento. "Non riesco a farlo smettere..." sussurrò con una voce rotta, quasi meccanica. "Non smette mai di piangere..."

Bet sentì un brivido di terrore correre lungo la schiena. Si avvicinò al passeggino e si chinò per guardare all'interno, aspettandosi di trovare un bambino in preda a una crisi di pianto. Ma il passeggino era vuoto. Bet sgranò gli occhi, incredula. Il pianto continuava, ma non c'era nessun bambino lì dentro.

Stava forse impazzendo anche lei? Bet si ritrasse, confusa e spaventata, mentre il pianto del bambino si mescolava al frinire incessante delle cicale, creando un'eco infernale nella sua mente. Si portò una mano alla fronte, cercando di fare ordine nei suoi pensieri, ma era come se una nebbia avesse invaso la sua mente, rendendo tutto confuso e opprimente.

Amelia, nel frattempo, sembrava essere scivolata in una sorta di trance, i suoi movimenti diventando sempre più violenti. Senza preavviso, scagliò il passeggino vuoto contro il muro con una forza sorprendente, i resti di plastica e metallo che si sparpagliavano sull'asfalto. "Non riesco a farlo smettere!" urlò, con una voce che sembrava provenire da un abisso di disperazione.

Il grido fece scattare Bet all'indietro, il cuore che le martellava nel petto. Decise che era troppo per lei. Quella scena surreale la stava soffocando. Tornò di corsa alla macchina. Le sue mani tremavano mentre cercava di infilare la chiave nel cruscotto. Il motore tossì, come aveva fatto prima, rifiutando di avviarsi. Bet sentì un'ondata di panico salire, ma continuò a girare la chiave con determinazione, fino a quando finalmente il motore si accese. Con un ultimo sguardo ad Amelia, che ora si era accasciata a terra, singhiozzando senza suono, Bet accelerò, fuggendo da quella scena infernale.

Bet arrivò davanti alla biblioteca con il cuore che le martellava nel petto. Il frinire incessante delle cicale si era insinuato nella sua mente, come un incubo dal quale non riusciva a svegliarsi. Parcheggiò la macchina in modo frettoloso, le sue mani tremavano mentre spegneva il motore. Senza nemmeno prendersi un attimo per calmarsi uscì dall'auto e si diresse quasi di corsa verso l'ingresso dell'edificio.

Le porte della biblioteca si aprirono con un cigolio, e Bet entrò, chiudendosi rapidamente alle spalle il mondo esterno e il suono ossessionante delle cicale. All'interno, il silenzio era quasi surreale, un sollievo momentaneo che le diede un falso senso di sicurezza. Respirò profondamente, cercando di calmare il battito frenetico del suo cuore, ma l'ansia non si placava.

Emily Ross, la bibliotecaria, stava sistemando alcuni libri sugli scaffali vicino al bancone quando si voltò e notò Bet. Inizialmente, un sorriso caldo si dipinse sul suo volto, ma si spense quasi immediatamente quando vide l'espressione sul viso di Bet.

"Bet?" chiese Emily, la sua voce carica di sorpresa e preoccupazione. "Cosa ci fai qui? Sono passati così tanti anni…"

Bet cercò di rispondere, ma le parole le si bloccarono in gola. Non riusciva a capire se ciò che aveva visto per strada fosse reale o se la sua mente stesse cedendo sotto la pressione di qualcosa di incomprensibile. Si sentiva come se stesse per crollare, come se la follia stesse strisciando dentro di lei.

Emily la osservò attentamente, notando quanto fosse pallida e quanto tremassero le sue mani. Avanzò di un passo verso di lei, con un'espressione preoccupata. "Bet, cosa ti è successo? Stai bene?"

Bet si passò una mano sul viso, cercando di trovare un po' di chiarezza. "Non lo so..." sussurrò con voce appena udibile. "Emily, io... ho visto cose... cose che non riesco a spiegare."

Emily si avvicinò ancora di più, con un'espressione di sincera apprensione. "Cosa hai visto, Bet? Puoi parlarmene. Sono qui per ascoltarti."

Bet esitò, il dubbio che stesse impazzendo troppo forte per permetterle di parlare liberamente. C'era qualcosa di surreale in tutto ciò che aveva visto per strada: Sarah con la gamba rotta, il nipote della signora Anderson che sanguinava dalle orecchie, Amelia e il passeggino vuoto... Erano tutte immagini che sembravano uscite da un incubo e parlarne ad alta voce avrebbe potuto farle perdere del tutto la presa sulla realtà.

"Non so se dovrei." ammise infine, scuotendo leggermente la testa. "È tutto così... assurdo. Temo di stare impazzendo."

Emily le mise una mano sul braccio, come gesto di conforto. "Non sei pazza, Bet. Richmond ha sempre avuto i suoi segreti. Ci sono cose in questa città che molti non conoscono, cose antiche che la maggior parte della gente ha dimenticato... o ha scelto di ignorare. Le persone iniziano a comportarsi in modo strano. L'ho notato anche io." disse per rassicurarla.

Bet sollevò lo sguardo, fissando Emily con occhi spalancati. "Di cosa stai parlando?"

Emily la guidò verso una delle poltrone vicino al bancone e le indicò di sedersi. Poi, con un'espressione grave, iniziò a parlare a bassa voce. "Richmond ha una storia oscura, Bet. Ci sono storie, leggende, che risalgono a molto tempo fa. Si dice che la terra su cui è costruita questa città sia maledetta, infestata da presenze che si risvegliano ogni tanto, portando con sé... caos e follia."

Bet strinse le spalle, cercando di processare quelle informazioni. "Ma cosa c'entra tutto questo con ciò che ho visto? Con quello che sta succedendo ora?"

Emily annuì lentamente, come se si aspettasse quella domanda. "Le cicale, Bet. Hai notato quanto sia forte il loro suono quest'anno, vero?"

Bet si irrigidì, collegando finalmente i punti. "Sì, è insopportabile. Non riesco a liberarmi di quel suono."

"È un segno" continuò Emily. "Ogni volta che queste...presenze si risvegliano, le cicale iniziano a frinire in modo strano, come se fossero spinte da qualcosa di malvagio. Il suono è così penetrante che sembra non voler andare via, come se volesse farti impazzire. E non è la prima volta che accade."

Bet sentì un brivido lungo la schiena. "Cos'altro sai, Emily?"

Emily si alzò e si diresse verso una delle scaffalature più antiche della biblioteca. Tornò con un libro pesante, dalla copertina consumata e ingiallita dal tempo. "Ci sono vecchi documenti, storie tramandate nel tempo.

Parlano di un fenomeno simile avvenuto molti anni fa. Le cicale, il caos... e poi le persone che iniziano a cambiare, a comportarsi in modo strano, come se stessero perdendo la loro umanità."

Bet fissò il libro, la mente che cercava di ricollegare tutto ciò che aveva visto e sentito. "Questo suono... è collegato a tutto quello che sta accadendo in città?"

"Sembrerebbe di sì per quello che posso comprendere" rispose Emily con il volto segnato dalla preoccupazione. "Ed è per questo che dobbiamo fare attenzione. Dobbiamo capire cosa sta succedendo prima che sia troppo tardi."

Bet si passò una mano tra i capelli, ancora incredula. Esitò un momento prima di confessare ciò che aveva trovato. "C'è un'altra cosa, Emily. Qualche giorno fa, sono entrata in un vecchio negozio di dischi... non so nemmeno cosa mi abbia spinto a farlo, ma ho trovato un vinile. Era vecchio, impolverato, e non avrei dovuto nemmeno toccarlo, ma l'ho preso."

Gli occhi di Emily si strinsero di preoccupazione. "Che tipo di vinile?"

Bet deglutì, il ricordo del disco riaffiorava con un senso di inquietudine crescente. "Il titolo è 'Il suono delle cicale'. La copertina mostra un bosco... e in fondo, una grotta oscura, nascosta tra le ombre. Quando l'ho visto, non ho potuto fare a meno di pensare che fosse tutto collegato."

Emily rimase in silenzio per un attimo, il suo volto si fece più serio. "E cosa hai fatto con quel vinile, Bet?"

"Ho chiesto a James, un vecchio amico, di dare un'occhiata. È sempre stato un esperto di musica, pensavo che avrebbe potuto dirmi qualcosa di più. Ma... quando abbiamo provato ad ascoltarlo, è successo qualcosa di strano."

Emily si sporse in avanti, chiaramente allarmata. "Cosa è successo?"

Bet si passò una mano sulla fronte, cercando di mettere ordine nei pensieri. "Abbiamo iniziato a sentire il frinire delle cicale, ma era diverso... più intenso, più... vivo. E poi, all'improvviso, siamo svenuti entrambi. Quando ci siamo risvegliati, il vinile stava ancora girando, ma la puntina non era più sul disco. James dice di aver visto qualcosa mentre era svenuto... una visione di una foresta e una grotta. La stessa immagine che è sulla copertina del vinile e la stessa che ho visto io."

Emily rimase immobile, il suo volto era pallido. "Non avresti mai dovuto toccare quel disco, Bet. Potrebbe essere legato a ciò che sta succedendo qui. Quello che hai descritto non è normale. Le cicale, le visioni... tutto questo potrebbe essere parte di qualcosa di molto più grande, qualcosa di antico e pericoloso."

Bet si sentì sopraffatta, la realtà delle parole di Emily che la colpiva come un pugno. "Non so cosa fare, Emily. Mi sento come se tutto stesse andando fuori controllo."

Emily prese un respiro profondo, cercando di mantenere la calma. "Dobbiamo scoprire di più. Prima che sia troppo tardi. C'è un libro che potrebbe aiutarci, parla delle cicale e del loro ruolo in certi fenomeni. Forse ci darà qualche indizio su cosa sta succedendo qui."

Bet annuì, cercando di trattenere il panico. "Per favore, troviamolo."

Emily si alzò e si diresse verso una sezione più oscura della biblioteca, dove erano conservati i libri più antichi e rari. Tornò con un volume dall'aspetto antico, la copertina di cuoio consumata dal tempo. "Questo libro potrebbe contenere ciò che cerchiamo. Ma Bet, qualunque cosa accada, dobbiamo stare attente. Richmond sta cambiando e ciò che è contenuto in questo disco potrebbe essere una chiave per comprendere ciò che sta accadendo."

Bet prese il libro con mani tremanti, sentendo che ogni minuto che passava la avvicinava sempre più a qualcosa di terribile. Aveva bisogno di risposte ma sapeva anche che ciò che avrebbe scoperto poteva spingerla ancora più vicino al bordo della follia.

Capitolo 6: I Segreti di Richmond

Bet ed Emily si immergevano nella lettura del libro antico, un tomo pesante con pagine ingiallite e una copertina di cuoio consunto. Il silenzio della biblioteca, interrotto solo dal frinire lontano delle cicale, creava un'atmosfera di tensione mentre sfogliavano le pagine alla ricerca di risposte.

La prima cosa che trovarono fu una storia dettagliata sulla costruzione della biblioteca stessa. "Guarda qui!" disse Emily, indicando un paragrafo scritto in una grafia minuta e precisa.

"Benjamin Henry Latrobe è stato un noto ingegnere e architetto britannico-americano, famoso per il suo lavoro nella progettazione di edifici iconici negli Stati Uniti, come il Campidoglio a Washington D.C. e la Cattedrale di Baltimora. Latrobe era un uomo di grande ingegno e profondità intellettuale, con un interesse per la scienza, la matematica, e l'architettura classica, ma anche per le teorie più esoteriche, come la geometria sacra."

Bet si avvicinò, leggendo con crescente curiosità. "Cosa lo portò a Richmond?"

"Latrobe fu chiamato a Richmond dopo che un'ondata di follia collettiva devastò la città circa 200 anni fa. Le autorità locali, disperate per trovare una soluzione, cercarono un uomo capace di comprendere non solo l'ingegneria e l'architettura, ma anche i misteri più oscuri legati alla terra e al suono. Latrobe era noto non solo per le sue abilità architettoniche, ma anche per il suo interesse per la geometria sacra e le teorie esoteriche."

Emily continuò a leggere con la voce carica di tensione. "Latrobe era affascinato dalla geometria sacra e dalla possibilità che determinate forme e strutture potessero influenzare il comportamento umano e persino contenere o respingere forze oscure. Egli progettò la biblioteca di Richmond con questi principi in mente. Le pareti spesse e angolate, le finestre posizionate con precisione e le forme geometriche che spezzano e assorbono le onde sonore erano tutte parte di un piano per creare un luogo di rifugio sicuro contro il male che sembrava risiedere sotto la città."

Bet si fermò un attimo a riflettere poi riprese a leggere. Le pagine successive parlavano di come Latrobe avesse scoperto antichi documenti e testi esoterici che menzionavano presenze oscure legate al frinire delle cicale. Latrobe credeva che la terra sotto Richmond fosse intrisa di una sorta di energia negativa, che poteva essere attivata da determinati suoni o rituali.

"Emily, guarda qui." disse Bet, con un filo di voce tesa. "Latrobe credeva che queste presenze potessero essere contenute o neutralizzate se si utilizzava la geometria sacra e specifiche frequenze sonore. Costruì la biblioteca come una sorta di trappola acustica, un luogo dove il suono non poteva penetrare e dove le persone potevano essere protette dall'influenza maligna delle cicale."

Emily annuì. "Latrobe sapeva che la semplice protezione fisica non sarebbe stata sufficiente. Utilizzò antiche tecniche e conoscenze per creare questo santuario a Richmond, un luogo progettato per resistere alle forze oscure che sembravano risiedere nella città."

Mentre continuavano a leggere, Bet e Emily trovarono ulteriori riferimenti a un antico cilindro fonografico che Latrobe aveva menzionato nei suoi appunti. Il cilindro, creato da una setta segreta che operava a Richmond, conteneva un rituale che poteva, se eseguito correttamente, sigillare le presenze oscure che si risvegliavano ciclicamente.

Bet indicò un passaggio nel libro. "Questo cilindro fonografico... Latrobe credeva che potesse contenere la chiave per sigillare quelle presenze. Ma avverte che se fosse ascoltato in modo errato, potrebbe avere l'effetto opposto, risvegliandole e scatenando il caos."

Emily si sporse in avanti, il volto segnato dalla preoccupazione. "E quel vinile che hai trovato potrebbe essere una copia di quel cilindro. Qualcuno deve aver registrato quel rituale sul vinile... ma se non sapeva cosa stava facendo, potrebbe aver compromesso tutto."

Bet si fermò, un pensiero che cominciava a formarsi nella sua mente. "Chi potrebbe averlo fatto? Chi avrebbe avuto accesso a un cilindro fonografico così antico e avrebbe saputo come trasferirlo su un vinile?"

Emily sembrò riflettere, poi un'espressione di comprensione si dipinse sul suo volto. "C'era un uomo... il proprietario del negozio di dischi. Si chiamava Richard Miller. Era un tipo strano, molto riservato, ma aveva una passione ossessiva per i cimeli musicali. Diceva sempre di voler preservare la storia della musica, a qualsiasi costo. Custodiva gelosamente la sua collezione di dischi, rifiutandosi di vendere alcuni pezzi a chiunque non ritenesse degno."

Bet sentì un brivido lungo la schiena. "Hai detto che si chiamava Richard Miller? Sai che fine ha fatto?"

Emily scosse la testa, l'espressione ombrosa. "È sparito qualche anno fa, poco dopo aver chiuso il negozio. Non so molto altro, solo che un giorno se n'è andato senza lasciare traccia. Ma prima di andarsene, alcuni dicono che aveva iniziato a comportarsi in modo strano, parlando di suoni che solo lui poteva sentire, e di presenze che lo perseguitavano."

Bet annuì lentamente, i pezzi del puzzle che cominciavano a unirsi. "Miller... quel nome suona familiare. Non era collegato a una delle famiglie più rispettate di Richmond?"

"Sì." rispose Emily. "I Miller, insieme ai Rhoads, fondarono uno dei più grandi magazzini di Richmond nel 1885. Miller & Rhoads divenne un'istituzione in città, famosa per la qualità e il legame con la comunità. Tuttavia, Richard Miller era diverso. Si distaccò dagli affari di famiglia, concentrandosi sulle sue passioni oscure. Non si parlava molto di lui, tranne che per i suoi strani comportamenti e la sua ossessione per il collezionismo di vecchi dischi e cimeli."

Bet rifletté su queste informazioni, sentendo il peso della storia di Richmond gravare su di lei ma anche di sua madre e del fatto che fosse tornata proprio per prendersene cura. Non poteva lasciare che le succedesse qualcosa. "Devo telefonare a mia madre e dirle che non è più al sicuro in quella casa. La biblioteca è il posto più sicuro per lei."

Emily annuì, la preoccupazione era evidente sul suo volto. "Fai in fretta, Bet. La situazione in città sta peggiorando rapidamente."

Bet si alzò, decisa. "Grazie, Emily." mentre prendeva di fretta il telefono dal suo zainetto di cuoio, ma il display del dispositivo dava evidenti segni di malfunzionamento. "Diamine! Ci mancava solo questa!"

Con il cuore che le martellava nel petto, Bet uscì di corsa dalla biblioteca e si diresse verso casa di sua madre. Il frinire delle cicale era diventato un suono quasi onnipresente e l'aria sembrava vibrare sotto la sua pressione. Mentre correva pensava a Richard Miller e a cosa avrebbe potuto aver fatto per provocare tutto ciò.

Arrivò a casa, trovando Margaret ancora seduta, pallida e confusa. Bet le si avvicinò, le prese le mani. "Mamma, dobbiamo andare. Non siamo al sicuro!"

Margaret la guardò con occhi pieni di incertezza. "Perché?"

Bet le sorrise, cercando di infonderle fiducia. "Non ti preoccupare, mamma. Ti spiegherò tutto, ma ora dobbiamo muoverci. La biblioteca è più sicura."

Bet aiutò sua madre ad alzarsi e la guidò con calma fino alla macchina parcheggiata fuori. Una volta che entrambe furono sedute all'interno dell'auto, Bet cercò di mantenere la calma mentre infilava la chiave nel cruscotto. Il silenzio nella macchina era opprimente, rotto solo dal frinire delle cicale che sembrava assediare l'auto dall'esterno.

Fece per girare la chiave, ma il motore non rispose subito. Il silenzio si fece ancora più pesante e Bet sentì un'ondata di panico e caldo travolgerla. Provò di nuovo, ma il motore tossì e si spense.

"Mamma, andrà tutto bene!" disse Bet, cercando di mascherare la tensione nella sua voce. Margaret annuì, apparentemente ignara della crescente inquietudine di sua figlia.

Bet chiuse gli occhi per un momento, prendendo un respiro profondo. Quando li riaprì, vide qualcosa che la fece sobbalzare. Proprio di fronte all'auto una figura stava in piedi, immobile. Era un uomo anziano, ma la sua presenza aveva qualcosa di profondamente disturbante. Indossava abiti sporchi e logori e il suo volto era contorto in un'espressione di puro odio.

Bet sentì il sangue gelarsi nelle vene. L'uomo non si muoveva, fissando l'auto con occhi vitrei e un sorriso malvagio che si allargava lentamente.

All'improvviso, senza alcun preavviso, l'uomo iniziò a battere i pugni contro il cofano della macchina urlando qualcosa di incomprensibile, una sorta di lamento gutturale che sembrava provenire dalle profondità della sua anima.

Bet cercò di mantenere la calma ma il cuore le batteva furiosamente. Tentò di girare la chiave di nuovo e questa volta il motore si accese con un ruggito improvviso. Con un movimento rapido, Bet mise la macchina in marcia e schiacciò l'acceleratore, cercando di allontanarsi il più velocemente possibile da quella scena inquietante.

Il rumore delle cicale sembrava crescere di intensità mentre si allontanavano e Bet non poté fare a meno di guardare nello specchietto retrovisore. L'uomo era ancora lì, fermo in mezzo alla strada, con il suo sguardo vitreo e il sorriso sinistro che non lasciava presagire nulla di buono.

Mentre guidava verso la biblioteca, Bet cercò di concentrarsi sulla strada, ignorando il frinire assordante e il ricordo dell'uomo che sembrava volerle impedire di portare sua madre al sicuro.

L'espressione di Margaret era vuota, si evinceva chiaramente era in stato confusionale. Dopo un tragitto che sembrò infinito, arrivarono finalmente davanti alla biblioteca.

Bet sospirò di sollievo quando vide Emily all'ingresso, pronta ad accoglierle. Con mani tremanti aiutò sua madre a scendere dalla macchina e la condusse rapidamente all'interno dell'edificio sicuro.

"Siamo al sicuro qui!" sussurrò Bet a sua madre, cercando di rassicurarla mentre Emily le aiutava a entrare.

Ora che Margaret era al sicuro, Bet sapeva di dover tornare alla sua missione. Stringendo il libro antico tra le mani, tornò alla sua macchina. Doveva trovare James e capire cosa fare con il vinile ma sapeva anche che la ricerca di Richard Miller sarebbe stata cruciale.

Capitolo 7: La Ricerca di Risposte

Bet lasciò la biblioteca con il cuore ancora in tumulto per tutto ciò che aveva scoperto. Le parole di Emily rieccheggiavano nella sua mente: la biblioteca era stata costruita come una trappola acustica, un rifugio contro le forze oscure che si annidavano sotto Richmond. Poi c'era il nome di Richard Miller, l'uomo che aveva posseduto il negozio di dischi. Un uomo che, secondo Emily, si era distaccato dagli affari della sua rispettata famiglia per seguire un sentiero più oscuro.

Mentre guidava verso la casa di James, il frinire delle cicale sembrava aumentare di intensità, come se le stesse seguendo, avvolgendola in un manto sonoro che sfidava la sua sanità mentale. Bet si sforzava di ignorare quel suono incessante, concentrandosi invece sui ricordi di James, il ragazzo che aveva sempre ammirato, ora diventato un uomo, un musicista squattrinato ma geniale. Ripensò ai giorni in cui passava ore seduta ad ascoltarlo suonare, sognando che un giorno James avrebbe notato i suoi sentimenti per lui. E ora, mentre il mondo sembrava cadere a pezzi, James era forse l'unica persona di cui poteva ancora fidarsi.

Arrivò finalmente da James. La piccola casa in periferia, circondata da alberi che sembravano inchinarsi sotto il peso del caldo era un'oasi in mezzo alla follia che stava consumando Richmond. Bet parcheggiò la macchina e si affrettò a raggiungere la porta con il libro antico stretto tra le mani.

James la accolse con un sorriso che, per un attimo, le fece dimenticare tutto ciò che stava accadendo. Ma bastò uno sguardo nei suoi occhi per capire che anche lui sentiva la tensione nell'aria. Tuttavia, c'era qualcosa di strano nel suo comportamento. I suoi movimenti erano un po' nervosi e il suo sguardo, che fino al giorno prima sembrava fermo e sicuro, ora appariva distratto, come se stesse lottando contro qualcosa dentro di sé.

"Bet, sei arrivata giusto in tempo! Ho provato a chiamarti ma tutte le linee telefoniche sono fuori uso e i dispositivi sembrano mal funzionare." disse

James, facendola entrare. "Ho passato tutta la notte a lavorare su quel vinile. Ho scoperto qualcosa di davvero inquietante."

Mentre Bet lo seguiva nello studio di registrazione, non poté fare a meno di notare che James sembrava cambiato rispetto al giorno prima. Il suo comportamento era altalenante, oscillando tra momenti di calma apparente e improvvisi scatti d'ira o di euforia. Era come se lavorare su quel vinile gli avesse causato qualcosa, come se fosse stato colpito da un qualcosa che lo rendeva irriconoscibile.

"James, stai bene?" chiese Bet, cercando di nascondere la preoccupazione nella sua voce.

"Sì, sì, tutto bene!" rispose James, un po' troppo velocemente. Poi, con un improvviso cambio di tono, aggiunse più cupamente: "Almeno… credo."

Bet si sforzò di non mostrare il suo turbamento e lo seguì nello studio. La stanza era piccola ma ben attrezzata, con strumentazione d'avanguardia che James aveva messo insieme negli anni, pezzo dopo pezzo. Sul tavolo, accanto a un mixer e a un computer, c'era il vinile che aveva trovato nel negozio di dischi abbandonato. Solo vederlo lì, in quella stanza buia, le faceva venire i brividi.

Accanto al vinile c'era un taccuino aperto, pieno di appunti scritti a mano da James nel corso degli anni. Bet lo riconobbe subito: era il quaderno su cui James, sin da quando era ragazzo, annotava tutte le sue ricerche e sperimentazioni sulle frequenze sonore e su come queste interagissero con il corpo umano. Il quaderno aveva una copertina di pelle nera, consumata dal tempo, ma ciò che lo rendeva davvero inconfondibile era il disegno inciso a mano che James aveva realizzato da adolescente: una spirale complessa che sembrava ipnotica, con linee che si intrecciavano creando un effetto quasi tridimensionale. Bet ricordava quanto James fosse orgoglioso di quel disegno, e come lo avesse scelto per rappresentare il vortice delle idee che turbinavano nella sua mente. Quella spirale, ormai sbiadita ma ancora visibile, era il simbolo della sua passione senza fine per la musica e le sue potenzialità nascoste.

"Ho sempre saputo che le frequenze potevano fare molto di più che produrre semplici suoni." disse James, sfogliando distrattamente le pagine del taccuino. "Ho passato anni a cercare di capire come certe frequenze possono influenzare il cervello umano... come possono calmarlo o agitarlo, a seconda di come vengono utilizzate."

James indicò una pagina del taccuino, dove erano annotati vari appunti sulle frequenze sonore e i loro effetti sul corpo umano. "Vedi questa parte?" disse, la sua voce bassa e preoccupata. "Le frequenze tra i 50 e i 60 hertz sembrano innocue, come il ronzio che senti a malapena provenire da un vecchio elettrodomestico. Ma se vengono amplificate, possono diventare incredibilmente insidiose."

Fece una pausa, cercando di trovare le parole giuste per spiegare l'ansia che provava. "In condizioni normali queste frequenze possono iniziare a interferire con il sistema nervoso causando disorientamento, ansia, e persino nausea. È come se costringessero il tuo corpo a vibrare al loro ritmo, creando un malessere che non riesci a scrollarti di dosso."

Si avvicinò a Bet, la preoccupazione sul suo volto era evidente. "Ora immagina di essere esposta a queste frequenze per un lungo periodo. All'inizio, potresti non farci caso e sentire solo un lieve fastidio. Ma col tempo cominci a sentirti sempre più nervosa, incapace di concentrarti, come se la tua mente fosse costantemente sotto assedio. Questa vibrazione non si ferma alla testa; si diffonde attraverso il corpo, come un'onda invisibile che attraversa muscoli e tessuti, facendoti sentire come se stessi perdendo il controllo."

Indicò un'altra parte del taccuino, le sue dita tremavano leggermente. "Il peggio è quando queste frequenze iniziano a risuonare dentro di te, come se stessero sintonizzandosi sulle parti più delicate del corpo. All'inizio è solo un formicolio, ma poi diventa qualcosa di molto più disturbante. È come se ogni fibra del tuo essere fosse spinta a un punto di rottura, destabilizzandoti completamente dall'interno."

James la guardò con serietà. "Questo è ciò che mi terrorizza, Bet. Se queste frequenze sono state intenzionalmente combinate con il suono delle cicale, potrebbero devastare chiunque le ascolti. Non si tratta solo di un suono sgradevole, ma di una forza invisibile che potrebbe disgregare lentamente una persona, fino a farle perdere ogni controllo su se stessa."

James fece un gesto verso lo schermo dell'analizzatore di frequenza che aveva acceso. "Guarda qui." disse, puntando un dito verso una serie di picchi che danzavano sul display. "Ho analizzato il vinile usando l'analizzatore di frequenza. Di solito, un vinile ha molte frequenze che compongono una musica, ma questo... è diverso. Ci sono solo due gruppi di frequenze distinte."

Bet si avvicinò, osservando i grafici che apparivano sullo schermo. "Due gruppi di frequenze?"

James annuì, con un sorriso inquietante che non raggiungeva i suoi occhi. "Sì. Le frequenze principali sono quelle che si sentono più chiaramente, si aggirano intorno ai 4500 hertz. Curiosamente sono le stesse frequenze medie prodotta dalle cicale quando friniscono in gruppo. Queste frequenze alte creano una sorta di tensione continua, quasi come se cercassero di mantenere chi lo ascolta in uno stato di allerta costante. Ma poi ci sono queste..." Indicò un altro picco sul grafico, molto più basso, che dominava lo schermo. "Queste sono frequenze molto più basse, tra i 50 e i 60 hertz. È più subdole, meno percepibili all'orecchio umano, ma sono lì... e sono potenti."

"Che cosa significa?" chiese Bet, la voce che tradiva la sua inquietudine.

"Non sono sicuro," rispose James, con le sopracciglia aggrottate mentre cercava di formulare i suoi pensieri. "Ma credo che queste frequenze più basse siano quelle che contengano il vero messaggio. Quando le ho isolate, ho scoperto che sembrano contenere delle parole, ma sono distorte... come se fossero state registrate durante un rituale insieme alle cicale stesse. Non riesco ancora a decifrarle completamente, ma sembra qualcosa di antico, qualcosa che non appartiene a questa epoca."

Bet sentì un brivido correrle lungo la schiena. "Parole registrate in un rituale insieme alle cicale? Come se fosse una sorta di incantesimo?"

"Esatto," rispose James con una espressione molto seria. Ma poi, con un improvviso scatto, si voltò verso di lei con gli occhi spalancati, quasi fuori di sé. "E questo spiegherebbe perché chiunque abbia registrato questo vinile è impazzito. Se davvero ha trasferito queste frequenze da un cilindro fonografico antico, potrebbe aver risvegliato qualcosa di oscuro… qualcosa che non dovrebbe essere disturbato."

Bet si sedette, il peso di tutto ciò che avevano scoperto iniziava a opprimerla. "Quindi, cosa facciamo adesso? Come possiamo fermare tutto questo?"

James si passò una mano tra i capelli, in modo frenetico, quasi febbrile. Si guardò intorno cercando degli appunti mentre continuava a parlare a Bet "Dobbiamo decifrare il messaggio completo.

Potrebbe dirci come invertire il processo, come sigillare di nuovo quelle presenze. Ma c'è un problema... non sono sicuro di avere l'attrezzatura giusta per farlo qui. Potremmo aver bisogno di aiuto."

"E a chi possiamo chiedere?" chiese Bet, con un tono al limite della disperazione.

"Conosco qualcuno alla Virginia Commonwealth University," rispose James, la sua voce ora calma, quasi sussurrante, ma con un'ombra di qualcosa di oscuro. "Eccolo!" disse James agitando un bigliettino ritrovato tra i suoi appunti, "Il professor Thomas Wakefield. È un esperto di antropologia e folklore. È uno dei professori più brillanti e anche uno dei più eccentrici del dipartimento. Wakefield è noto per la sua passione per i rituali antichi e per la sua collezione di artefatti esoterici. È il tipo di persona che si immerge completamente nel suo lavoro, tanto che alcuni dicono che viva più nel passato che nel presente. Potrebbe anche avere l'attrezzatura necessaria per analizzare meglio queste frequenze e decifrare le parole. Dobbiamo trovarlo!"

Bet annuì, sentendo una nuova speranza. Ma non poteva ignorare il comportamento strano di James. Qualcosa stava cambiando in lui e il pensiero che il vinile potesse essere la causa di tutto quanto la riempiva di un'inquietudine profonda. "Dobbiamo andare subito." disse guardando James con aria preoccupata. Il pensiero di perderlo ora che finalmente lo aveva ritrovato la attanagliava nel profondo.

Non aveva mai avuto con nessuno un rapporto profondo come quello con James dove aveva potuto, sin da ragazzina, essere se stessa senza preoccuparsi di apparire, l'unica persona con la quale si sentiva di condividere le sue preoccupazioni senza sentirsi giudicata, ma la morte del padre aveva fatto diventare il suo cuore di pietra dal dolore e da quel momento si era ripromessa che mai a nessuno avrebbe fatto vedere la sua fragilità.

In quel momento, però, il suo cuore palpitava all'idea che qualcosa potesse andare storto, -E se non avessi mai più la possibilità di dirgli ciò che ho nel cuore per lui?- pensò esitando nel dubbio di

parlargli o meno, ma non c'era tempo. Dovevano
andare.

Capitolo 8: L'Università

Bet e James si trovarono immersi nella notte più buia che Richmond avesse mai visto. Il frinire delle cicale, che durante il giorno era un'inno inquietante alla disperazione, si era trasformato in una cacofonia assordante che sembrava volerli travolgere. Ogni ronzio, ogni sibilo sembrava affondare nei loro cervelli, come una lama invisibile che cercava di spezzare la loro sanità mentale.

La Ford di Bet arrancava lungo le strade deserte, il motore vibrava come se fosse sul punto di cedere sotto la pressione di quell'atmosfera opprimente. James sedeva accanto a lei, con lo sguardo fisso fuori dal finestrino, mentre cercava di non farsi sopraffare dal crescente senso di panico. Ogni tanto, il bagliore intermittente dei lampioni illuminava scene che sembravano uscite da un incubo.

Le strade erano vuote, ma non morte. Qua e là, Bet e James intravedevano figure che si muovevano nell'ombra, piegate sotto un peso invisibile, come se qualcosa avesse risucchiato la loro essenza vitale.

I palazzi apparivano come scheletri anneriti, le finestre aperte rivelavano solo tenebre e desolazione. Ma ciò che li colpì maggiormente fu ciò che si trovava lungo i bordi della strada.

"Guarda lì," disse James con un filo di voce, indicando il marciapiede.

Bet seguì il suo sguardo e vide un cane morto, il corpo rigido e le orecchie macchiate di sangue scuro. Un po' più avanti, un gatto giaceva in una posizione innaturale, anche lui con le orecchie che stillavano sangue. L'orrore si diffuse rapidamente, mentre Bet dovette sterzare bruscamente per evitare un gruppo di uccelli morti, sparsi come foglie secche sul manto stradale.

"È il suono!" sussurrò James, con il viso pallido. "Sta uccidendo tutto ciò che incontra."

Bet annuì, mentre la gola le si stringeva dall'angoscia. Non c'era bisogno di parlare, entrambi sapevano che ciò che stava accadendo era qualcosa di molto più grande di loro. L'intera città sembrava essere caduta in un incubo senza fine e loro due erano intrappolati nel mezzo.

Mentre procedevano il frinire delle cicale sembrava intensificarsi come se qualcosa o qualcuno stesse orchestrando quello stridore infernale. L'auto passò accanto a un parco giochi, dove le altalene oscillavano piano, spinte da un vento illusorio. Le ombre che si allungavano lungo i muri dei palazzi sembravano prendere vita, contorcersi in forme spettrali per poi scomparire alla luce dei fari.

Ogni tanto Bet intravedeva un riflesso negli specchietti come se un'entità li stesse vigilando dall'oscurità. Ma ogni volta che si voltava, non c'era nulla. Solo quel maledetto suono sempre più forte e sempre più invadente e fastidioso. La notte non dava tregua al caldo soffocante che rendeva l'aria irrespirabile.

Finalmente il profilo degli edifici della Virginia Commonwealth University apparve all'orizzonte. Ma invece di offrire un senso di sicurezza, l'università sembrava un luogo abbandonato anche da Dio. Gli edifici erano avvolti da un'oscurità innaturale persi nelle proprie ombre.

"È come se la città fosse morta." disse Bet, spegnendo il motore. "Andiamo, dobbiamo trovare il professor Walker."

Bet e James scivolarono fuori dall'auto e subito il frinire delle cicale li avvolse come un mantello soffocante. Ogni passo sembrava più pesante del precedente mentre si dirigevano verso l'ingresso principale dell'università. Una volta dentro furono accolti da un senso di inquietudine, i corridoi erano deserti ma c'erano segni evidenti di caos recente. Scrivanie rovesciate, libri sparpagliati ovunque, macchie rosse sulle pareti e impronte di scarpe e sangue per terra.

James istintivamente si diresse seguito da Bet verso la classe dove sapeva che il professor Walker teneva le sue lezioni ed era l'unica persona a cui James aveva pensato di rivolgersi vista la sua competenza nel campo della psicologia, della neurologia e della fisica acustica applicata al suono e alla sua interazione con il corpo umano.

All'improvviso una morsa si strinse nello stomaco di Bet. Non era più entrata in quell'edificio da quando aveva finito gli studi e aveva deciso di andarsene da Richmond. I ricordi le attanagliavano il cuore, la sensazione di stare rivivendo gli ultimi mesi prima di andare via, quel maledetto pomeriggio in biblioteca a studiare. Non voleva lasciare spazio al dolore e cercava con tutte le sue forze di tornare al vero motivo per cui era lì. Ma continuavano a tornarle in mente le parole che aveva sentito da sua madre in quella telefonata, mentre lei incredula fissava il pavimento a scacchi bianchi e neri della biblioteca e le lacrime le cadevano con cadenza quasi regolare sulle sue scarpe di cuoio bordeaux. "Tuo Padre..." disse Margaret con voce tremolante dall'altra parte della linea telefonica, "Non c'è stato nulla da fare..."

"Bet!" irruppe James scuotendola leggermente, "Dobbiamo muoverci." Bet scosse la testa con gli occhi gonfi di lacrime e proseguì lungo il lungo corridoio con James.

Le luci al neon tremolavano, gettando ombre sinistre lungo i corridoi e l'università era tutt'altro che silenziosa; quel ronzio incessante amplificato dai corridoi deserti e dalle aule vuote rimbombava come un'onda inarrestabile che sembrava volerli travolgere per l'ennesima volta. Ogni passo dei due sembrava scomparire inghiottito dal frastuono e dal suono martellante che riempiva l'aria.

"È insopportabile," mormorò Bet, portando le mani alle orecchie nel tentativo inutile di attutire quel tormento sonoro. "Come può qualcuno resistere a questo?"

James non rispose, concentrato nel cercare di ricordare il percorso che li avrebbe portati alla classe del professore. Il rumore rimbombante sembrava seguirli ovunque, invadendo ogni angolo dell'edificio con un'energia opprimente e minacciosa.

Mentre avanzavano lungo il corridoio, notarono qualcosa che li fece rabbrividire: tracce di sangue sparse sul pavimento, come se qualcuno fosse stato ferito e avesse cercato di fuggire. Queste tracce conducevano proprio verso la porta della classe di

Walker, che era socchiusa, con una luce fioca che filtrava dall'interno.

"Non promette nulla di buono." sussurrò Bet, con il cuore che iniziava a battere più forte.

James annuì, avvicinandosi alla porta con cautela. Quando la spinse delicatamente, la porta si aprì con un cigolio, rivelando l'interno dell'aula. La scena che si presentò loro fu agghiacciante nella sua semplicità.

Il pavimento era segnato da macchie di sangue qua e là, ma non c'erano corpi o segni di una lotta violenta come se gli studenti fossero fuggiti in preda al panico, lasciando dietro di sé un senso di caos e disperazione. Le pareti, imbrattate solo in parte, davano l'impressione di un luogo dove la paura aveva preso il sopravvento.

"Questo... è un incubo!" sussurrò Bet, con il cuore che le batteva all'impazzata. "Cosa diavolo è successo qui?"

James si avvicinò a uno dei banchi, osservando la scena con occhi spalancati. "Non lo so, ma Walker non è qui. Se fosse stato qui, non si sarebbe lasciato prendere dal panico come gli altri, lo conosco troppo bene, deve aver cercato un posto sicuro."

Bet si voltò verso di lui, con la mente che lavorava freneticamente. "Dove potrebbe essere andato? Non c'è un altro luogo sicuro in questo maledetto edificio."

James sembrava riflettere intensamente, poggiandosi con la testa tra le sue mani, poi il suo volto si illuminò all'improvviso. "La stanza insonorizzata! Quella usata per i test di Psicologia e Neuroscienze Acustiche... Walker è l'unico ad avere le chiavi. Se c'è un posto dove potrebbe essersi rifugiato, è lì."

Bet annuì, sentendo una nuova flebile speranza crescere dentro di sé. "Andiamo, dobbiamo trovarlo prima che sia troppo tardi."

Finalmente Bet e James raggiunsero la sala, una delle poche stanze progettate per essere completamente isolate dai rumori esterni. La porta era massiccia, rinforzata per garantire la massima protezione acustica. James bussò con forza sperando che il professore fosse ancora lì dentro, sano e salvo.

"Professor Walker! Sono James, con me c'è la mia amica Bet! Abbiamo bisogno di parlarle!" gridò James con il cuore che gli martellava nel petto.

Ci fu un momento di silenzio, poi una fessura si aprì e un paio di occhi stanchi e diffidenti li scrutarono. "Chi siete? Cosa volete?" chiese una voce carica di paura e sospetto.

"Siamo venuti per chiederle aiuto, professore!" rispose James, cercando di non sembrare troppo disperato per non intimorirlo. "Non siamo come gli altri. Siamo ancora lucidi."

La porta si aprì lentamente, rivelando il professor Walker, visibilmente scosso ma ancora sano di mente. Indossava un camice bianco sgualcito, i suoi capelli erano arruffati e gli occhi cerchiati di rosso evidentemente per il troppo lavoro o per ciò che poteva avere visto, ma i suoi grandi occhiali da vista li nascondevano gelosamente.

"Entrate, presto!" disse Walker, richiudendo la porta dietro di loro. L'interno della sala era immerso in un silenzio quasi irreale, il frinire delle cicale era completamente attutito dalle spesse pareti insonorizzate.

"Qui dentro siamo al sicuro dal suono." spiegò Walker, con un filo di voce bassa e affaticata. "Ma non possiamo restare qui a lungo, di cosa si tratta? Perché mi avete cercato, dobbiamo andarcene da qui."

James tirò fuori il vinile e il libro dalla borsa, posandoli con attenzione sul tavolo centrale. Walker li osservò con un misto di curiosità e timore. "Dove avete trovato questo?" chiese, sfiorando con cautela la copertina del vinile.

"Nel vecchio negozio di dischi di Richard Miller," rispose James. "Pensiamo che sia collegato a ciò che sta succedendo in città."

Walker annuì lentamente, riconoscendo l'importanza di ciò che aveva davanti. La sua voce si fece più cupa mentre iniziava a spiegare. "Avete ragione a essere preoccupati. Questo vinile potrebbe essere stato solo il catalizzatore, il mezzo per risvegliare qualcosa di sepolto a Richmond per generazioni. Ma il vinile non è il vero problema. Il suono che state sentendo, il frastuono che pervade l'intera città, è amplificato da qualcosa di molto più antico e pericoloso."

Bet e James si scambiarono uno sguardo allarmato, mentre Walker sfogliava rapidamente le vecchie pagine del libro, cercando una specifica sezione.

"Duecento anni fa, Richmond fu teatro di un evento simile," continuò Walker. "Le cicale, il frastuono, la follia… tutto ebbe origine dalle grotte nella foresta a nord della città. Quelle grotte sono un fenomeno geologico unico: formate principalmente da calcare, un materiale noto per le sue proprietà di risonanza acustica. Al loro interno le stalattiti e le stalagmiti creano un effetto di amplificazione naturale del suono."

Bet lo fissò, incredula. Le sembrava tutto molto surreale: "Quindi il suono delle cicale… viene amplificato da queste grotte?"

"Esattamente," rispose Walker. "Le cicale sono attirate da queste grotte e il loro frinire, che di solito è solo fastidioso, diventa insopportabilmente forte."

James, cercando di mettere insieme i pezzi del puzzle, esclamò: "E il vinile cosa c'entra?"

"Il vinile e quanto registrato su di esso è la chiave," spiegò Walker. "Secondo il libro, oltre ad una specifica frequenza molto simile a quella delle cicale, vi è anche inciso un rituale e specifiche parole che, se abbinate insieme, servono a indurre nelle cicale un ciclo riproduttivo incessante, che continua anche di notte, quando normalmente dovrebbero arrestare il loro frinire."

Walker fece una pausa, poi aggiunse: "Ma c'è di più. Quel rituale descritto nel libro... sembra essere stato concepito per riprogrammare le cicale, facendo sì che il loro numero cresca esponenzialmente fino a portare le menti delle persone alla pazzia, ecco perché Richmond e i suoi abitanti stanno cadendo nel baratro della follia."

"Le grotte," continuò Walker, "vennero sigillate molto tempo fa, bloccando il suono e prevenendo un disastro epocale. Ma ora sembra che quel sigillo sia stato rotto, forse accidentalmente, forse intenzionalmente. Il suono sta crescendo, diventando ormai insostenibile sia per le persone che per gli animali, anche a decine di chilometri di distanza."

"Ma perché proprio adesso?" chiese James, sempre più confuso.

"Non lo so con certezza," ammise Walker. "È possibile che qualcuno abbia trovato il cilindro fonografico originale citato nel libro e abbia trasferito la registrazione sul vinile che avete trovato. Questo potrebbe aver risvegliato la riproduzione incontrollata delle cicale, rompendo l'equilibrio che era stato mantenuto per così tanto tempo, oppure della cause naturali che hanno fatto tremare la rotta rompendo il sigillo."

Bet rabbrividì confusa, mentre la sua mente cercava di collegare eventi e informazioni. "Quindi, cosa possiamo fare? Come possiamo fermare tutto questo?"

Walker li guardò entrambi con serietà. "L'unica soluzione potrebbe essere invertire le frequenze, creando un dispositivo di contrapposizione di fase. L'inversione di frequenze e della loro fase è un principio utilizzato in acustica per cancellare un suono indesiderato. Immaginate due onde sonore identiche: se una delle due onde viene invertita, nel momento in cui le due onde si incontrano, si annullano a vicenda. È come se una spingesse e l'altra tirasse allo stesso modo. Se riuscissimo a invertire la fase delle frequenze prodotte dalle cicale, potremmo , forse, neutralizzare il suono che sta devastando la città."

James annuì, già pensando a come costruire il dispositivo. "Avremo bisogno di attrezzature specifiche, ma è possibile."

Bet e James si scambiarono uno sguardo preoccupato, consapevoli che il tempo era contro di loro. Mentre Walker preparava l'attrezzatura per analizzare il vinile, la stanza insonorizzata sembrava restringersi intorno a loro, come se le ombre stessero aspettando che qualcosa andasse storto.

Walker infilò con cura il vinile sul giradischi collegato precedentemente a un sofisticato sistema di analisi del suono, prestando però attenzione che gli altoparlanti fossero scollegati. Mentre il disco cominciava a girare le frequenze iniziarono a emergere sullo schermo dell'analizzatore di suono tracciando schemi e frequenze che sembravano danzare sul bordo del caos.

"Restate concentrati," disse Walker con voce ferma nonostante la tensione crescente. "Ciò che stiamo per scoprire potrebbe cambiare tutto."

Il silenzio surreale della stanza insonorizzata sembrava offrire un temporaneo rifugio dal caos esterno, ma Bet e James sapevano che non sarebbe durato a lungo, il tempo stava scadendo e ogni secondo che passava li avvicinava a una verità che avrebbero preferito non scoprire.

La tensione si poteva tagliare con un coltello, l'aria silenziosa dell'aula creava una strana sensazione in Bet, ormai abituata al continuo frinire delle cicale. Non sapeva cosa avrebbero scoperto e nell'attesa, che sembrava interminabile, il suo sguardo si incrociò con quello di James. Sapeva di potersi fidare di lui.

Capitolo 9: Le Oscure Rivelazioni del Sapere

Il vinile continuava a girare sul giradischi e le frequenze distorte si manifestavano sullo schermo come onde che danzavano su un abisso insondabile davanti agli occhi spalancati di Walker. Le linee luminose si muovevano in schemi che sembravano privi di senso, eppure Walker sentiva che stava emergendo una sorta di terribile logica.

Con il viso segnato dalla preoccupazione il professore osservava attentamente i dati che scorrevano sullo schermo. "Questa... questa non è solo una registrazione casuale, il suono delle cicale è stato manipolato e modulato insieme al rituale inciso, non è solo un richiamo naturale. Dalle frequenze che ne emergono sembra essere una sorta di impulso sonoro miscelato in modo da destabilizzare chi malauguratamente lo ascoltasse, ma mi servono più elementi per comprendere meglio la funzione di questo legame sonoro. Intanto è meglio trasferire il brano sul mio portatile. Il file è la chiave per far cessare tutto questo, ma non basterà."

James si avvicinò allo schermo, il suo sembrava volto una maschera di concentrazione nell'osservare il macabro danzare di quelle che a prima vista sembravano solamente innocue frequenze. Bet sentiva la tensione crescere nel gruppo ma sapeva che dovevano muoversi rapidamente.

"E poi come costruiamo il dispositivo? Abbiamo tutto quello che ci serve?" chiese Bet, spezzando il silenzio carico di ansia.

Walker tolse lo sguardo ormai rapito dal monitor e si voltò verso un armadio metallico nell'angolo della stanza insonorizzata. "Bella domanda" disse Walker pensieroso "Qui credo che potremmo recuperare solo una parte dell'attrezzatura, dobbiamo andare nel laboratorio di fisica con la speranza di trovare ciò che potrebbe servirci, come amplificatori, generatori di onde e diffusori acustici adeguati."

Bet e James si scambiarono uno sguardo risoluto. Sapevano che il tempo stava per scadere.

Walker si avvicinò a un ripiano e prese tre paia di cuffie protettive industriali, quelle utilizzate comunemente per proteggere i timpani da rumori altresì forti. "Indossate queste," disse, porgendole a Bet e James. "Non offriranno una protezione totale, ma ci aiuteranno a sopportare il suono delle cicale ed evitare di perdere il lume della ragione."

Mentre Walker trasferiva il file dal vinile al suo portatile, Bet fu la prima a indossare le cuffie con mani tremanti e percepì subito un'attenuazione quasi totale delle voci degli altri due, che nel frattempo continuavano a parlare.

Con le cuffie ben salde, presero tutto il necessario e uscirono dalla stanza insonorizzata.

Fuori, il frastuono li colpì con forza ma le cuffie riuscirono a smorzare sufficientemente il suono da permettere loro di proseguire proteggendosi meglio dagli effetti devastanti del frinire. Il calore opprimente li avvolse nuovamente e l'afa stagionale soffocante sembrava intensificarsi ad ogni passo che facevano. Il caldo ormai era una presenza costante a Richmond, un nemico invisibile che si aggiungeva all'incubo che stavano già vivendo.

Attraverso i corridoi dell'università, con il frinire che rimbombava incessantemente nelle loro teste come un concerto demoniaco, le luci al neon sopra di loro tremolavano, alcune bruciate, altre intermittenti, gettando ombre inquietanti lungo il loro percorso. Il sudore scendeva lungo la schiena di Bet, appiccicandole la maglietta alla pelle già intrisa di polvere e tensione.

Raggiunsero il laboratorio di fisica, e Walker con mani ferma aprì la porta nonostante la tensione. Una volta dentro, si misero subito al lavoro, raccogliendo amplificatori, diffusori acustici, cavi e generatori di onde sonore. Ogni secondo era prezioso, e ogni minuto che passava sapevano avrebbe portato Richmond sempre più vicina alla follia totale.

Il calore all'interno del laboratorio era insopportabile, l'aria stagnante rendeva difficile anche solo respirare. Walker si fermò improvvisamente, il suo volto era chiaramente teso, cercava di ricordare velocemente di cosa potessero avere bisogno ma riusciva comunque a mantenere una calma apparente. "Per completare il dispositivo, ci serviranno anche alcuni manuali tecnici di fisica del suono applicata, dobbiamo cercarli in biblioteca dell'università!"

La biblioteca dell'edificio racchiudeva in Walker la speranza di trovare le informazioni mancanti per completare il dispositivo. Caricarono tutto ciò che avevano raccolto su un carrello mobile utilizzato generalmente da alunni e docenti per trasportare le varie strumentazioni da un'aula all'altra in caso di necessità o sperimentazioni vario tipo, quindi si diressero verso la biblioteca con le cuffie che attutivano solo parzialmente il frastuono assordante e perenne che li seguiva.

Attraversarono altri corridoi dove le luci talvolta mancavano del tutto, lasciando il gruppo avvolto in un'oscurità angosciante spezzata solo dai bagliori occasionali dei neon ancora funzionanti. Le ombre sembravano allungarsi e distorcersi, seguendo i loro movimenti come presenze malevole e il calore persistente, un tormento che sembrava volerli soffocare, aggiungeva un ulteriore strato di oppressione.

Mentre attraversavano uno dei corridoi principali, Bet vide una figura solitaria allontanarsi da una porta aperta. Una giovane donna, forse una studentessa, camminava a piedi nudi sul pavimento liscio trascinandosi. I suoi capelli erano disordinati e il suo sguardo fisso nel vuoto. Bet rallentò il passo, colpita dall'espressione di totale smarrimento sul viso della ragazza. Notò subito che le orecchie della ragazza erano sporche di sangue, come se il suono avesse preso anche lei lacerandole i timpani.

"James, aspetta:" sussurrò, fermandosi per osservare la ragazza con movenze frenetiche e le mani che tremavano freneticamente.

James si voltò, seguendo lo sguardo di Bet. "Cosa... chi è quella? Forse dovremmo..."

"Non avvicinarti troppo," esclamò a gran voce Walker, con tono fermo. "Chiunque sia, è già oltre il limite. Vedi come cammina? Come se il suo corpo fosse separato dalla mente."

Bet osservò la ragazza per un altro momento poi sentì un'ondata di tristezza mescolata a un terrore latente. "Non possiamo lasciarla così…"

"Non possiamo nemmeno aiutarla!" urlò Walker, tirando Bet per un braccio per farla muovere. "La follia ha preso il controllo di molte persone qui dentro. Se ci fermiamo rischiamo di essere trascinati anche noi."

La giovane donna improvvisamente si fermò, come se avesse percepito la presenza di Bet, James e Walker. Si voltò lentamente verso di loro, i suoi occhi vitrei fissarono Bet per un lungo e angoscioso istante. Poi, senza preavviso, emise un urlo che lacerò anche il frinire delle cicale e iniziò a correre verso di loro con le mani tese in avanti come artigli pronti a sviscerarli.

"Correte!" gridò Walker, spingendo il pesante carrello con le attrezzature. La giovane si avvicinava rapidamente, ma la furia cieca che l'aveva travolta la fece inciampare su alcuni detriti sparsi lungo i corridoi, facendola cadere a terra. Continuò comunque a gridare mentre si rialzò freneticamente con movimenti innaturali e minacciosi mentre Bet e gli altri si affrettavano a fuggire cercando di non far cadere le pesanti attrezzature riposte sul carrello.

"Non si fermerà!" urlò Walker, indietreggiando con il volto pallido e gli occhi sgranati.

James, agendo d'istinto, notò uno dei cavi elettrici che avevano usato per le attrezzature. Senza pensarci troppo, afferrò il cavo spesso e pesante e lo lanciò in direzione della ragazza, cercando di intralciarle il cammino.

La ragazza cadde nuovamente, inciampando nei cavi, ma questa volta l'impatto fu ancora più violento. La sua testa colpì il pavimento con un suono sordo, e per un istante rimase immobile. Tuttavia, con un grottesco sforzo, cercò ancora di rialzarsi, nonostante il cavo che teneva le sue gambe saldamente ancorate al pavimento.

"Non ci posso credere, sembra posseduta" sussurrò Bet, sentendo il cuore battere all'impazzata.

James non poteva permettere che qualcuno facesse male a Bet. Istintivamente si avvicinò rapidamente alla ragazza, afferrando l'altro capo del cavo. Con un movimento rapido e deciso, avvolse il cavo intorno al suo collo, tirandolo con forza. La ragazza si contorse violentemente, cercando di liberarsi, ma le sue forze sembravano svanire mentre il cavo si stringeva sempre più.

James chiuse gli occhi per un attimo, cercando di non pensare a ciò che stava facendo. "Doveva fermarsi..." mormorò tra sé, mentre sentiva la resistenza della ragazza diminuire gradualmente.

Finalmente, la ragazza smise di muoversi. Il suo corpo si afflosciò sul pavimento e il frinire incessante delle cicale sembrò attenuarsi, lasciando dietro di sé solo il respiro pesante di James e il battito accelerato del suo cuore. Le sue mani tremavano e per un attimo rimase immobile a fissare la ragazza accasciata sul pavimento. Non aveva mai fatto male a nessuno, nemmeno ad un insetto e l'idea di aver compiuto quel gesto lo faceva sentire sporco. L'istinto di proteggere Bet aveva preso il sopravvento. La bambina che aveva accompagnato la sua infanzia, quella che rideva sempre alle sue battute stupide, quella che gli aveva preso la mano per la prima volta al parco quando lui a sette anni aveva paura di tornare a casa perché i suoi avevano litigato la sera prima, la ragazza che aveva protetto dal temporale con la sua giacca fuori dalla scuola quando il suo ombrello si era rotto, quella che lo aveva spronato a 17 anni a suonare in pubblico le prime volte e che lo seguiva in tutte le sue stranezze senza mai giudicarlo. Aveva dovuto farlo. Aveva dovuto proteggerla a tutti i costi.

James lasciò il cavo, le mani che gli tremavano, fece un passo indietro. "Non avevamo scelta" disse Walker lo Bet guardava la ragazza con occhi pieni di orrore e tristezza.

"Dobbiamo andare ora!... Non c'è tempo da perdere." disse Walker riavvolgendo il cavo e riponendolo sul carrello.

Bet prese la mano di James e lo tirò via dalla ragazza, come quel giorno al parco, guardandolo con occhi colmi di gratitudine e dispiacere. Senza aggiungere altro, i tre ripresero la loro corsa contro il tempo, lasciando dietro di sé il corpo senza vita. Ma quella scena terribile rimase impressa nella loro mente, un altro segno dell'orrore che stava consumando Richmond.

Quando furono ad una sufficiente distanza di sicurezza, si fermarono per riprendere fiato. Bet tremava visibilmente e James non riusciva a staccare gli occhi dal punto in cui avevano lasciato la ragazza.

"Tutto questo non è giusto," sussurrò Bet spezzata dalla confusione, "Non doveva finire così..."

Walker le posò una mano sulla spalla. "Questa città sta morendo, Bet. Dobbiamo concentrarci su ciò che possiamo fare. Se ci fermiamo, siamo perduti anche noi."

Bet annuì lentamente, cercando di calmarsi mentre guardava James respirare a ritmo veloce. La disperazione si mescolava alla paura, ma dovevano andare avanti. Dovevano trovare il modo di fermare tutto questo.

Raggiunsero finalmente la biblioteca universitaria, ma la scena che si presentò davanti era desolante. Gli antichi scaffali di legno, logori e traballanti, avevano evidentemente ceduto anch'essi al suono. Il frastuono incessante aveva fatto vibrare gli scaffali talmente forte causandone un crollo rovinoso. I libri, un tempo ordinati e preziosi, come Bet li ricordava, erano ora sparsi sul pavimento in un caos totale. Cercare i manuali necessari in quel disastro sarebbe stato impossibile.

Bet si sentì pervasa dalla disperazione. Il luogo in cui la sua vita sembrava essersi fermata all'improvviso qualche anno prima, ora si trovava catastroficamente ripiegato su se stesso, come se finalmente anche l'ambiente stesso aveva finalmente potuto esprimere tutto il dolore nascosto nel cuore di Bet per la perdita di suo padre.

"Non troveremo niente qui," disse, cercando di mantenere la calma e non far trapelare i suoi ricordi che in quel momento non facevano altro che rallentarla. "Dobbiamo andare alla biblioteca della città. È il luogo più sicuro che abbiamo al momento e li, probabilmente, troveremo i manuali e i libri di cui abbiamo bisogno. Inoltre, mia madre è lì, e devo assicurarmi che stia bene." aggiunse pensando a ciò che ora le restava da proteggere e curare.

Walker si girò verso Bet e James. "Dove avete lasciato la macchina ragazzi, dove l'avete parcheggiata?"

"E' parcheggiata proprio davanti all'ingresso dell'università," rispose Bet, il tono leggermente preoccupato. "Si tratta di una vecchia Ford ma sta avendo problemi ad andare in moto, quel vecchio catorcio, ultimamente."

Walker annuì con aria risoluta. "Allora carichiamo tutto sulla mia station wagon. L'ho posteggiata nel parcheggio riservato a noi professori sul retro dell'università. Ci vorrà più tempo per arrivarci, ma è la soluzione migliore a quanto pare."

Bet e James annuirono, consapevoli che non avevano altra scelta. Attraversarono i corridoi deserti, ogni passo un tormento con il frastuono del frinire che martellava incessantemente nelle loro teste nonostante le cuffie protettive. Le luci nei corridoi tremolavano e si spegnevano, gettando ombre inquietanti lungo il loro cammino. Ogni ombra sembrava osservarli, come se l'oscurità stessa stesse complottando contro di loro.

Finalmente, raggiunsero l'uscita dell'università e aprirono la porta per entrare nel parcheggio posteriore. L'aria calda della notte li colpì come un muro aggravata dall'odore di polvere e olio bruciato. Il parcheggio riservato ai professori dell'università era avvolto da un'atmosfera spettrale, illuminato solo dalle luci tremolanti di pochi lampioni ancora funzionanti. L'oscurità dominava gran parte dello spazio, mentre i raggi giallastri dei lampioni proiettavano ombre allungate e sinistre sull'asfalto. L'aria era immobile, densa e sembrava che il caldo opprimente avesse persino fermato il tempo. Le auto erano sparse in modo disordinato, molte delle quali con i vetri infranti e le portiere spalancate, come se i loro proprietari fossero fuggiti in fretta e furia lasciando dietro di sé il caos.

Il suolo era disseminato di frammenti di vetro e detriti che scricchiolavano sotto i loro piedi, Qua e là, si potevano intravedere corpi abbandonati, alcuni sdraiati accanto alle auto, altri appoggiati contro i muri. I loro volti erano contorti in espressioni di dolore e terrore, e dalle orecchie, macchiate di sangue scuro, si capiva che l'inesorabile suono aveva portato via anche le loro ultime tracce di sanità mentale.

Il silenzio tra i tre era rotto solo dal frinire incessante delle cicale, un suono che sembrava provenire da ogni direzione, amplificato dalle superfici dure e dai corridoi vuoti dell'università. Ma a parte quel suono infernale, c'era un altro rumore che potevano percepire da sotto le cuffie: un ringhio basso e rabbioso che sembrava emergere direttamente dall'oscurità delle ombre.

D'improvviso, un movimento catturò l'attenzione del gruppo. Sotto la luce fioca di un lampione, un'ombra si mosse rapida. Il cuore di Bet sussultò mentre scorgeva la figura di un cane che avanzava fulminea verso di loro. Il cane, un pitbull di colore grigio scuro, aveva il pelo impregnato di sangue. I suoi occhi erano completamente bianchi e brillavano di una lucida follia sotto la luce tremolante, quel demoniaco ringhio a denti scoperti, anch'essi macchiati di sangue, erano un chiaro segno che l'animale aveva attaccato qualcuno o forse qualcosa, in preda a un impulso di rabbia.

Il pitbull si fermò per un istante, osservando i tre, forse per preparare il suo prossimo attacco.

Bet notò che anche le orecchie del cane erano sporche di sangue, tese all'indietro e pronte a scattare al minimo segnale. Il cane emise un altro ringhio basso, un suono che sembrava vibrare nell'aria calda e densa del parcheggio, facendoli irrigidire ulteriormente.

Walker, percependo il pericolo imminente, si mosse con decisione e con un gesto rapido afferrò un tubo metallico dal carrello delle attrezzature. "Bet, James, dietro di me," gridò, senza distogliere lo sguardo dal cane.

Bet sentiva il terrore stringerle il petto mentre l'animale si preparava a lanciarsi su di loro. Walker agitò il tubo, cercando di mantenere il cane a distanza.

Il pitbull scattò improvvisamente in avanti ma Walker era pronto. Con un movimento rapido colpì l'animale con il tubo, mandandolo a terra con un gemito soffocato. Ma il cane in preda a una furia cieca non si arrese. Si rialzò e, con un'ultima disperata mossa, affondò i denti nella gamba di Walker.

Mentre il cane stringeva la presa con una forza sovrumana che solo un molosso può generare, il sangue iniziò a colare copiosamente. James, vedendo la situazione, si precipitò a raccogliere il tubo e con un colpo secco colpì il pitbull sulla schiena, cercando di farlo mollare la presa. L'animale sembrava posseduto da una forza maligna e continuava a mordere e a stringere sempre con più forza. Con un secondo colpo, questa volta mirato alla testa, James riuscì finalmente a stordire il cane abbastanza da farlo cadere a terra, privo di sensi.

Walker, visibilmente scosso e con il viso contorto dal dolore, si afflosciò contro una delle auto abbandonate. Bet, senza perdere tempo, si avvicinò a un'altra macchina con le portiere aperte, notando immediatamente la maniglia sporca di sangue. All'interno, trovò un pezzo di stoffa chiara sul sedile posteriore. Lo afferrò e tornò rapidamente da Walker, benchè Bet non sapesse molto di primo soccorso, utilizzò il tessuto per tamponare momentaneamente la ferita e cercare di fermare l'emorragia, ma il suo cuore batteva forte per l'angoscia e il sangue che ormai le ricopriva le mani rese tutto molto più drammatico e lento.

"Walker, non arrenderti ora!" gridò Bet con voce carica di preoccupazione. "Dobbiamo portarlo via di qui, subito, James." disse, "Restare fuori è troppo rischioso."

James annuì e Walker cercò di rialzarsi: "Ce la faccio... ma non posso guidare in queste condizioni."

James, che ancora stringeva il tubo insanguinato, lo ripose nel carrello e si chinò per aiutare Walker a rialzarsi. "Guiderò io. Dobbiamo muoverci ora."

Con Walker zoppicante e sostenuto da James e Bet, il gruppo riuscì finalmente a raggiungere la station wagon. Con cautela, James aiutò Walker a salire sul sedile posteriore, mentre Bet sistemava il materiale raccolto nel bagagliaio.

Una volta caricati tutti i componenti necessari, James salì al posto di guida. Bet prese posto sul sedile posteriore accanto a Walker in modo da poter tenere curata la ferita che sembrava già essere peggiorata. Il sangue aveva impregnato il tessuto della stoffa che aveva usato come benda di fortuna.

"Vai, James," disse Bet con voce affaticata. "Non abbiamo tempo da perdere."

James accese il motore e la station wagon si mise in movimento. Mentre si allontanavano dal parcheggio, il frastuono delle cicale sembrava crescere di intensità, come se la città stessa cercasse di intrappolarli nella loro mente. Il caldo soffocante all'interno dell'auto sembrava persino peggiore, con l'aria che non circolava abbastanza per alleviare il disagio opprimente.

Il viaggio verso la biblioteca fu un incubo. Le strade di Richmond erano deserte, avvolte in un'oscurità che sembrava assorbire ogni speranza.

Il suono delle cicale, sebbene attutito dalle cuffie e dalla carrozzeria della macchina, continuava a rimbombare nelle loro menti come un martello incessante.

"Ci siamo quasi," mormorò James con voce tesa. "Non possiamo fermarci adesso."

Finalmente, la sagoma della biblioteca cittadina apparve all'orizzonte. Le mura solide e spesse dell'edificio sembravano un baluardo contro il caos esterno. James guidò la station wagon verso l'ingresso principale, cercando di mantenere la calma nonostante il cuore cercasse di uscirgli dal petto. Bet teneva stretta la stoffa sulla ferita di Walker, cercando di bloccare l'emorragia mentre l'auto si fermava davanti all'entrata.

"Siamo arrivati, finalmente" esclamò James con voce stanca ma con un tono di sollievo. Spense il motore e si girò verso Bet. "Andiamo, dobbiamo portare Walker dentro."

Bet annuì, aprendo la portiera e aiutando Walker a scendere dall'auto. Il professore zoppicava vistosamente, il suo volto era chiaramente pallido e segnato dal dolore. Con l'aiuto di James, riuscirono a farlo entrare nella biblioteca, dove un'ondata di fresco e di silenzio li accolse.

Margaret e Emily, che erano rimaste all'interno, corsero subito verso di loro. "Ragazzi, cosa è successo?" chiese Emily, vedendo il sangue che colava dalla gamba del professore.

"Un maledetto cane fuori controllo." rispose Walker, con un sussurro affaticato. "Ma sto bene... abbiamo delle cose più importanti da fare."

James, Bet e Walker con un gesto quasi di liberazione si levarono finalmente quelle cuffie angustianti e strette che fino ad ora li avevano protetti dal perdere la testa. Quale meraviglia udirono, il silenzio presente nella biblioteca era come un'oasi di pace per le loro orecchie ormai distrutte e provate dal viaggio e dalla situazione incessante che stavano vivendo ormai da troppo tempo.

Emily non perse tempo e corse a prendere una cassetta di pronto soccorso che teneva in biblioteca per le emergenze. Tornò rapidamente e iniziò a medicare la ferita di Walker come meglio poteva. Bet osservava, cercando di mantenere la calma, mentre l'adrenalina iniziava lentamente a diminuire, lasciandola esausta.

Walker si lasciò curare in silenzio, stringendo i denti per il dolore. Quando Emily finì di disinfettare e fasciargli la gamba sistemò Walker su una sedia, cercando di farlo riprendere un pò. Intorno a lui, gli altri sopravvissuti si erano riuniti, osservando la scena con espressioni preoccupate ma determinate.

Nel mentre James portò dentro tutto ciò che avevano caricato in macchina, ma era stanco e aveva bisogno di qualche minuto per capire cosa era appena accaduto.

Walker ringrazio Emily per le sue cure, si schiarì la voce e alzò lo sguardo verso il gruppo. "Abbiamo scoperto qualcosa di terribile," iniziò, la voce ancora un po' affannata. "Il suono delle cicale che sta distruggendo questa città non è un fenomeno naturale. È stato manipolato da un rituale inciso su un vinile che abbiamo trovato."

I sopravvissuti ascoltavano in silenzio, i loro volti erano tesi e attenti. Walker continuò: "Le grotte a nord di Richmond, quelle stesse grotte che si dice siano maledette da secoli, hanno una conformazione unica. Sono fatte di calcare, un materiale che amplifica il suono. Le cicale sono attratte da quelle grotte, e il loro frinire, che normalmente sarebbe solo fastidioso, è diventato insopportabilmente forte a causa di questo. Ma c'è di più: il rituale inciso su quel vinile ha risvegliato qualcosa, ha indotto nelle cicale un ciclo riproduttivo incontrollato, che ha portato a questo disastro."

Gli occhi di Margaret si allargarono per la sorpresa e il terrore. "Allora cosa possiamo fare?" chiese, la voce tremante.

"Dobbiamo lavorare sulla costruzione di un dispositivo," spiegò Walker. "Un dispositivo di inversione di fase che potrebbe annullare le frequenze generate dalle cicale e fermare questo incubo. Ma dobbiamo costruirlo in fretta e abbiamo bisogno di libri, manuali che ci aiutino a perfezionare il dispositivo. Qui in biblioteca potrebbe esserci ciò che ci serve."

I sopravvissuti increduli dalle parole appena pronunciate da Walker cominciarono a mormorare tra di loro per capire se avessero ascoltato tutti quelle parole che sembravano uscita da un film dell'orrore. Emily che già precedentemente aveva discusso del libro e del vinile con Bet si alzò in piedi e, con il volto risoluto, disse: "Troveremo ciò di cui abbiamo bisogno ragazzi e ognuno di noi farà tutto il possibile per darvi una mano, dobbiamo rimanere uniti in questa lotta."

Walker, con un'espressione di gratitudine, si lasciò andare contro lo schienale della sedia. Bet lo osservava, il cuore era pesante per l'enorme responsabilità che gravava su di loro ma sapeva che il tempo era contro di loro. C'era ancora una scintilla di speranza, una possibilità di salvare Richmond dall'abisso in cui stava precipitando. Guardava sua madre con un'aria diversa, sentiva per la prima volta cosa volesse dire essere responsabili per qualcuno, sentire la spinta di rimanere integra e calma per far stare bene altri e le cadde addosso una forte sensazione verso sua madre, come se finalmente ora riuscisse a vederne gli sforzi, a comprenderne i tratti freddi e a perdonarla, finalmente.

Mentre il gruppo si preparava a mettersi al lavoro, Walker chiuse brevemente gli occhi, cercando di recuperare le forze. Sapeva che ogni minuto era prezioso, e che il tempo stava scadendo. Ma finché c'era un respiro di vita in lui, avrebbe continuato a lottare.

E così, con il frinire delle cicale che continuava a riecheggiare nella città, ma al sicuro nelle solide mura della biblioteca, il gruppo cominciò a prepararsi psicologicamente per ciò che probabilmente li avrebbe attesi.

Capitolo 10: L'Attesa Prima della Tempesta

La biblioteca di Richmond era diventata un baluardo contro l'orrore che si agitava all'esterno. Il suono delle cicale, fino a poco prima solo un fastidio di fondo, si era trasformato in una vera e propria tempesta sonora. Era come se l'intera città fosse stata avvolta in un urlo incessante e penetrante, un frinire che non lasciava scampo a chiunque fosse così sfortunato da trovarsi all'esterno senza protezione. Tentare di uscire dalla biblioteca sarebbe stata una follia; chiunque lo avesse fatto senza alcuna protezione per le orecchie sarebbe caduto in preda alla follia o, peggio, sarebbe potuto morire sul colpo.

All'interno, il gruppo cercava di mantenere la calma e la lucidità. Bet, James, il professor Walker, Margaret, Emily e alcuni altri sopravvissuti si erano radunati attorno a un grande tavolo di legno. L'atmosfera era carica di tensione, ma c'era anche un senso di solidarietà, di legame crescente tra loro. Era come se, nonostante tutto, avessero trovato un'ancora di salvezza gli uni negli altri.

Il professor Walker era assorto nella lettura di libri di fisica applicata al suono e ingegneria elettronica, cercando disperatamente di trovare un modo per costruire il dispositivo che avrebbe potuto salvarli. Accanto a lui, Emily lo osservava attentamente, passando delicatamente i libri che lui le richiedeva, senza mai perdere il filo del discorso. Walker sembrava incredibilmente concentrato, quasi come se fosse abituato a trovare rifugio nella scienza in momenti di crisi.

"Professor Walker," chiese Emily, rompendo il silenzio mentre gli passava un vecchio volume con una copertina logora, "cosa l'ha portato ad eccellere in questo campo così particolare?"

Il professore alzò lo sguardo dai suoi appunti, la sua espressione si incupì per un momento, come se il ricordo di qualcosa di caro lo avesse toccato. Per un momento prese un respiro… "Mia moglie," iniziò con un filo di voce rauca. "Cinque anni fa l'ho persa per una complicanza cardiaca. Era il centro del mio mondo e quando se n'è andata mi sono buttato nel lavoro. La scienza… il suono…

sono diventati il mio rifugio, la mia via di fuga dal dolore."

Emily lo guardò con una tenerezza che non poteva nascondere. "Deve essere stato terribile."

Walker annuì, tornando a guardare il libro che aveva tra le mani, ma con uno sguardo più distante. "Lo è stato. Per molto tempo non riuscivo a fare altro che lavorare, sperando che forse, in qualche modo, avrei trovato un modo per riempire il vuoto che lei ha lasciato nella mia vita. Ma sa cosa ho capito? Che il vuoto non si può riempire, si può solamente imparare a conviverci, ma diamoci del tu, Emily."

Emily si avvicinò leggermente, sfiorando con delicatezza la mano di Walker. "Sei una persona forte Walker e ora sei qui a usare quella forza per cercare di salvare tutti noi, la città."

Walker incontrò lo sguardo di Emily e, per un attimo, il mondo esterno sembrò acquietarsi, lasciandoli soli in quel piccolo angolo della biblioteca. "Grazie a te per quello che fai per noi," disse, la sua voce calda e sincera. "Stai dando grande forza al gruppo anche se non te ne accorgi".

Intanto, Bet e James erano seduti su un vecchio divano in un angolo della sala, lontano dal tavolo principale. Avevano deciso di prendersi un momento per riflettere su tutto quello che stava accadendo, ma il vero motivo per cui si erano allontanati era per stare un po' da soli. Il loro legame, che si era rafforzato giorno dopo giorno, ora stava crescendo in qualcosa di più.

"James," iniziò Bet con la voce tremante mentre giocava nervosamente con una ciocca di capelli. "Non avrei mai immaginato di trovarmi in una situazione come questa, ma sono grata che tu sia qui con me."

James si girò verso di lei, il suo sguardo era pieno di affetto e preoccupazione. "Anch'io, Bet. Se c'è una cosa che questa follia mi ha insegnato, è quanto sia importante non lasciare le cose in sospeso. E tra noi…"

"Ci sono state troppe cose lasciate in sospeso per troppo tempo." continuò Bet finendo la frase di

James mentre i suoi occhi languidi non smettevano di fissarla nemmeno per un momento.

Bet ricambiò lo sguardo, il cuore che batteva più forte. "Hai ragione. Ero così concentrata a fuggire da tutto, a cercare di trovare un posto nel mondo lontano da qui, che non ho mai realizzato che quello che stavo cercando era sempre stato davanti a me."

James le prese delicatamente la mano, intrecciando le sue dita con le sue. "Non importa più dove andremo, Bet. Importa solo se lo facciamo insieme."

Le parole di James furono come un balsamo per l'anima di Bet, che si sentì avvolta da un senso di sicurezza che non provava da tempo. Senza pensarci, si avvicinò a lui, appoggiando la testa sulla sua spalla. "Ho sempre saputo che c'era qualcosa di speciale tra noi, ma ho avuto paura. Paura di perdere quel poco che avevo costruito se le cose non fossero andate come speravo."

James le sfiorò la guancia con la mano libera, inclinando il capo per guardarla meglio. "Non dobbiamo avere paura, Bet. Qualunque cosa accada, affronteremo tutto insieme. Non voglio più nascondere ciò che provo per te, in fondo... in segreto ti ho sempre amata e lo sai."

Le parole di James le riempirono il cuore di calore e Bet si rese conto che anche lei lo amava, forse da sempre. "Non voglio più vivere avendo rimpianti."

I loro volti si avvicinarono lentamente. Le labbra di James erano morbide e aspettavano quel bacio da tutta una vita. I pensieri di Bet si fermarono in un istante. Era come se tutto il resto fosse sparito. Era un bacio dolce, carico di emozioni non dette, un momento che sembrava quasi sospeso nel tempo.

James poteva sentire il profumo delicato della pelle di Bet che accarezzava tremando leggermente. Fu solo quando si staccarono, con il cuore che batteva all'unisono, che Bet si rese conto di quanto fossero profondi i suoi sentimenti per James. Un lungo sguardo tra di loro fece sembrare che il tempo si fosse fermato mentre i due respiravano all'unisono con il cuore che batteva loro all'impazzata.

Nella stanza accanto Emily passava un altro libro al professor Walker, la loro complicità cresceva. Walker notò una profondità nei suoi occhi, una riservatezza che rispecchiava in parte la sua. Tornò a sfogliare il libro, ma non poté fare a meno di pensare a ciò che si nascondeva dietro quella calma apparente.

"Emily," iniziò Walker, cercando di trovare le parole giuste, "devi essere molto legata a questa biblioteca. Non è comune dedicare così tanto tempo e passione a un luogo."

Emily sorrise appena, abbassando lo sguardo sui libri. "I libri sono sempre stati una costante per me. Hanno un ordine, una stabilità che... il resto del mondo a volte sembra non avere."

Walker annuì, sentendo un'affinità con ciò che diceva. Anche lui aveva trovato rifugio nel suo lavoro dopo la perdita di sua moglie. "Capisco cosa intendi," rispose, con un tono che tradiva una sottile emozione. "Dopo che mia moglie è morta, la scienza è diventata il mio modo per... rimanere ancorato. Era qualcosa su cui potevo contare, qualcosa che potevo capire."

Emily alzò lo sguardo, studiando il volto di Walker con attenzione. "È difficile quando perdi qualcuno," mormorò, non volendo invadere ma allo stesso tempo cercando un legame. "Anche io ho perso qualcuno, in un certo senso. Non... non la morte, ma qualcuno che pensavo sarebbe stato al mio fianco per sempre."

Walker rimase in silenzio per un momento, poi chiese, senza forzare la conversazione: "Cosa è successo?"

Emily esitò, ma poi decise di aprirsi un po'. "Avrei dovuto sposarmi anni fa, ma quando avevamo scoperto che non potevo avere figli... e quando si rese conto di quanto fossi legata a questo posto, se n'è andato. Ho chiuso quella parte di me, non mi sono mai dsentita di rischiare di nuovo e ho dedicato le mie giornate a questo posto. Il mio posto sicuro."

Walker la guardò, sentendo una fitta di comprensione. "Capisco," disse, con la voce bassa ma piena di empatia. "A volte, il dolore ci porta a fare scelte che sembrano sicure. Io... mi sono immerso nel lavoro per non sentire quel vuoto. Ma con il tempo, ho capito che il lavoro non può riempire tutto."

Emily annuì, riconoscendo quella verità nelle sue stesse esperienze. "È vero," ammise. "Ma forse, in mezzo a tutto questo..." disse, non finendo la frase. Walker le rivolse uno sguardo che comunicava più di quanto le parole potessero. "Forse," disse con un mezzo sorriso dolce, lasciando le parole sospese tra di loro, cariche di significato non detto.

Mentre tornavano ai loro libri, entrambi sapevano che quel momento aveva segnato un cambiamento. Non c'era bisogno di altro. Per ora, le loro priorità erano chiare: costruire il dispositivo, proteggere le persone intorno a loro. Ma nei loro cuori, c'era un nuovo, timido riconoscimento che forse, dopo tanto tempo, non erano più soli.

Il silenzio che seguì fu interrotto solo dal frinire delle cicale, ormai diventato forse insostenibile anche per la vecchia biblioteca. Bet staccò le sue mani da quelle di James e si voltò verso le finestre con un'espressione preoccupata. "Dobbiamo trovare un modo per fermare questo incubo." pensò.

Walker, finito di leggere uno dei libri, prese una decisione. Si alzò e si avvicinò al gruppo, con Emily che lo seguiva da vicino. "Penso di aver trovato un modo per costruire e potenziare il dispositivo," disse, lanciando un'occhiata a Emily prima di proseguire. "Ma avremo bisogno di lavorare insieme, tutti noi."

Emily gli sorrise. C'era qualcosa che andava oltre la semplice collaborazione per un obiettivo comune. Era una connessione profonda, nata dalla condivisione di esperienze traumatiche e dalla scoperta di un'affinità che entrambi avevano forse dimenticato di poter provare.

Mentre il gruppo si riuniva attorno al tavolo per discutere i prossimi passi, Bet e James si scambiarono un ultimo sguardo carico di promesse. Sapevano che il tempo per le parole dolci stava finendo e che presto avrebbero dovuto affrontare la realtà. Ma per ora, avevano trovato qualcosa di prezioso, qualcosa per cui valeva la pena combattere.

Walker iniziò a spiegare il suo piano mentre la tempesta sonora all'esterno continuava implacabile, Sapevano che il tempo era contro di loro, ma erano pronti a mettere in campo tutto ciò che potevano per salvare la città.

La battaglia era solo all'inizio ma per la prima volta sentivano di avere una possibilità di fermare il suono della follia e di non avrebbero sprecato questa unica occasione.

Capitolo 11: Il Dispositivo

All'alba, per le strade di Richmond il frinire incessante delle cicale era diventato una costante martellante, un suono che sembrava voler spezzare la sanità mentale di chiunque fosse esposto troppo a lungo. All'interno della biblioteca il gruppo di sopravvissuti si aggrappava disperatamente ad un'unica speranza: un dispositivo che Walker e James avevano progettato e che avrebbero assemblato con l'aiuto di Emily e Bet.

La notte era stata una lunga parentesi senza sonno. Margaret aiutava con la preparazione di qualcosa per rifocillare il gruppo dopo brevi dormite sconnesse.

Bet non era molto felice di non aver potuto aiutare più di una ventina di persone a rifugiarsi in biblioteca, ma sapeva anche che non avrebbe potuto fare più di ciò che stava già facendo.

La signora Corinne, che sin da piccola, quando andava in panificio, le dava sempre un biscotto e il ragazzino di nome Bob che le faceva sempre i dispetti passando in bicicletta quando era ancora un bambino. L'uomo messicano che anni prima aveva aperto un ristorante all'angolo della Mulberry street. Annette, la sua compagna di università, che aveva avuto un bambino mesi prima. Susy, l'assistente del Sindaco della città, che si rendeva sempre disponibile ad organizzare eventi di beneficenza e tanti altri volti a lei già più o meno conosciuti. Pensava alla sorte di tutti quelli che erano rimasti fuori e le si strinse il cuore.

Mentre Bet coordinava il gruppo, James e Walker si erano messi a cercare nella biblioteca qualcosa che potesse fungere da contenitore per il dispositivo. La biblioteca era ricca di angoli polverosi e stanze dimenticate, dove scatole di cartone e vecchi cassetti giacevano inutilizzati da anni. Tuttavia, nessuno di questi oggetti sembrava abbastanza robusto o adatto a contenere la complessità tecnica del dispositivo.

Fu Emily, quasi per caso, a scoprire una soluzione. Frugando tra le sue cose, trovò una vecchia cassetta degli attrezzi che usava per le piccole riparazioni in biblioteca. "Non è molto," disse porgendola a James e Walker, "ma potrebbe essere utile."

La cassetta degli attrezzi, un oggetto dall'aspetto vissuto, era perfetta per il loro scopo. Al suo interno c'erano lampadine, chiodi, viti e cacciaviti, tutto materiale che sarebbe potuto tornare utile nella costruzione del dispositivo. Ma ciò che rendeva la cassetta davvero preziosa erano i suoi scomparti, ideali per organizzare i diversi componenti del dispositivo.

"Questa potrebbe essere la nostra salvezza," disse James, esaminando attentamente la cassetta. I compartimenti inferiori avrebbero potuto ospitare gli amplificatori, fornendo un centro di gravità basso per mantenere la stabilità. I cavi e i modulatori potevano essere organizzati negli scomparti laterali, collegandoli facilmente al portatile e agli amplificatori. Persino i diffusori potevano essere montati all'esterno della cassetta, utilizzando bracci orientabili che avrebbero consentito di direzionare il suono senza alterare troppo l'aspetto del contenitore.

James e Walker si misero al lavoro con una visione chiara: costruire un dispositivo capace di annullare il frinire delle cicale e riprodurre il rituale estrapolato dal vinile, tutto all'interno di una valigetta di legno dall'aspetto semplice, ma contenente una tecnologia avanzata e complessa.

"La controfase del frinire delle cicale! Bisogna accuratamente estrapolarla e filtrarla," disse Walker mentre maneggiava sul suo portatile "E la registrazione del rituale, questa è la chiave".

Il portatile sarebbe stato il centro di controllo del dispositivo, inviando i segnali agli altri componenti attraverso un lungo cavo schermato, garantendo una trasmissione senza interferenze.

All'interno della cassetta degli attrezzi, James e Walker montarono con precisione un sistema di amplificatori di potenza, essenziali per potenziare il segnale emesso. Gli amplificatori, alimentati da una batteria portatile ben nascosta, avrebbero preso il segnale filtrato dal portatile per poi diffonderlo attraverso i diffusori collegati.

Con in mano quattro piccole casse, James si avvicinò al tavolo da lavoro: "Possiamo montare sulla parte superiore della cassetta quattro diffusori, ognuno fissato a un braccio orientabile."

Questi bracci avrebbero consentito di regolare la direzione di ogni diffusore per coprire l'intera area circostante con una precisione quasi a 360 gradi. Nonostante le dimensioni compatte, i diffusori erano sufficientemente potenti da garantire che il suono venisse proiettato ovunque, senza lasciare zone scoperte.

"Ora colleghiamo il mio portatile tramite il cavo alla cassetta degli attrezzi; questo gestirà l'emissione simultanea delle due frequenze: la controfase, che è stata invertita a 180 gradi per annullare il frinire delle cicale, e il rituale, che dovrebbe completare il processo di neutralizzazione del potere oscuro. Una volta che il portatile trasmetterà il segnale agli amplificatori, questo sarà amplificato e trasmesso ai diffusori per essere emesso nell'aria." gli occhi di Walker erano fermi e la sua espressione era concentrata sul suo lavoro. Sapeva che il destino della città sarebbe dipeso solo da quel piccolo aggeggio.

La cassetta/dispositivo, dall'aspetto ingannevolmente semplice, era ora un dispositivo altamente tecnologico. Ogni componente lavorava in sinergia: il portatile, con le frequenze filtrate, inviava i segnali agli amplificatori; i diffusori montati sui bracci orientabili assicuravano che il suono coprisse ogni direzione possibile, garantendo che l'effetto del dispositivo si diffondesse su un'area vasta.

"Non sarà perfetto," ammise Walker, stringendo un ultimo bullone, "ma dovrebbe funzionare."

Quando il dispositivo fu finalmente assemblato, appariva come un oggetto ibrido, a metà tra una cassetta degli attrezzi ordinaria e una complessa apparecchiatura elettronica. La sua portabilità era un grande vantaggio: una volta chiusa, la cassetta poteva essere trasportata agevolmente, permettendo loro di spostarsi rapidamente senza preoccuparsi che i componenti si fossero disassemblati. Era una soluzione improvvisata, ma efficace.

Il gruppo si era radunato nell'ampio salone d'ingresso della biblioteca, un tempo riservato alle conferenze e alle letture pubbliche, ora trasformato in un centro operativo improvvisato. L'atmosfera era carica di tensione; ogni suono, ogni movimento sembrava amplificato dall'ansia generale. La luce fioca delle lampade proiettava ombre incerte sulle pareti, accentuando il senso di oppressione.

Sapevano che il primo test del dispositivo sarebbe stato cruciale, ma anche pericoloso. Aprire le porte della biblioteca significava esporre tutti al frinire letale, un rischio che non potevano permettersi di prendere alla leggera.

"Prima di tutto, dobbiamo far allontanare tutti," disse Walker, mentre stringeva gli ultimi bulloni. "Non possiamo rischiare che qualcuno venga colpito dal frinire quando apriamo le porte."

James annuì, concordando. "Chiunque sia vicino alle porte quando le apriremo sarà esposto al suono e non possiamo permettercelo."

Emily coordinò il trasferimento degli altri sopravvissuti in una stanza più interna della biblioteca, lontano dall'ingresso principale. Le persone si muovevano in silenzio, il terrore nei loro occhi era evidente. Ognuno di loro era consapevole del rischio che stavano correndo, ma sapevano anche che non avevano altra scelta. Bet teneva la mano di sua madre cercando di rassicurarla. L'aria era densa di tensione mentre James e Walker si preparavano per il passo successivo.

Si avvicinarono all'ingresso della biblioteca, indossando le cuffie che avevano utilizzato per arrivare fino lì, le stesse cuffie che li avevano protetti dal frinire devastante delle cicale mentre si muovevano attraverso la città. Erano cuffie pesanti, progettate per bloccare il suono il più possibile, ma anche con quelle addosso, sapevano che il rischio era comunque molto elevato.

"Se qualcosa va storto, chiudi subito la porta," disse Walker a James, mentre si preparava a sbloccare l'ingresso. "Anche se la biblioteca è stata concepita per frenare e attutire il suono, a porte spalancate avremo dei seri problemi a tenere la mente lucida."

Walker annuì, il suo volto era chiaramente teso mentre controllava che le cuffie fossero ben posizionate. "Dobbiamo essere rapidi e precisi. Non abbiamo margine di errore."

Con un cenno, Walker iniziò a sbloccare le porte secolari della biblioteca, quelle stesse porte che per decenni avevano accolto studenti, lettori e studiosi, ora erano la barriera tra la vita e la morte. Appena le porte si aprirono, quel frinire devastante entrò come uno tsunami nella biblioteca, ma le cuffie attutirono il suono abbastanza da permettere loro di procedere.

James e Walker spostarono con cautela il dispositivo oltre la soglia, posizionandolo appena fuori dall'ingresso. Le mani tremavano leggermente, non per l'incertezza della loro costruzione, ma per la consapevolezza del rischio che stavano correndo. Se il dispositivo non avesse funzionato, non ci sarebbe stato modo di cercare di fermare quel maledetto e devastante suono.

"Adesso." mormorò James, mentre collegava rapidamente i cavi ai diffusori, posizionandoli strategicamente per coprire la massima area possibile.

Una volta sicuri che il dispositivo fosse correttamente piazzato, rientrarono rapidamente nella biblioteca, chiudendo dietro di loro le pesanti porte che li separavano dal suono mortale. Solo allora si tolsero le cuffie, scambiandosi uno sguardo di comprensione. Era il momento della verità.

Con il dispositivo posizionato e con la massima attenzione a che i cavi elettrici non venissero tranciati e con le porte ben chiuse, i due si avvicinarono cautamente alla porta, premendo l'orecchio contro il legno spesso. Anche con la protezione della biblioteca, il frinire delle cicale era ancora udibile, un promemoria costante del pericolo che li circondava.

"Dobbiamo ascoltare attentamente," disse Walker, con la voce appena sopra un sussurro. "Il frinire dovrebbe diminuire se il dispositivo funziona correttamente."

James annuì, concentrandosi sul suono che penetrava attraverso la porta. Il frinire sembrava intensificarsi per un momento, come se le cicale avessero avvertito la minaccia. Poi, gradualmente, il suono cominciò a cambiare. Le frequenze si attenuarono, oscillando tra suoni acuti e distorti.

"Sta funzionando?" chiese Bet con tono pieno di speranza e paura, avvicinandosi lentamente dall'altra sala.

"Credo di sì," rispose James, concentrato. "Il suono sta diminuendo…"

L'effetto fu evidente. Il frinire si attenuò ulteriormente, diventando un sussurro, poi un mormorio, e infine… silenzio. Un silenzio così profondo da sembrare irreale. Per un momento, restarono immobili, incapaci di credere che il dispositivo avesse effettivamente funzionato.

"Sta funzionando!" mormorò James sorridendo quasi incredulo. "Dio, sta davvero funzionando!"

Walker si avvicinò ai monitor collegati al dispositivo, osservando attentamente i segnali. Le sue mani si muovevano rapidamente sui comandi, verificando che tutto fosse stabile. "Il segnale è stabile… funziona!"

Mentre il gruppo con un pizzico di sollievo cercava di riprendersi dallo shock e dalla tensione, Steven Harper, un sopravvissuto che si era unito a loro solo pochi giorni prima, stava perdendo la testa. Harper era un ex ingegnere meccanico, un uomo di mezza età con i capelli brizzolati e il volto segnato dalla disperazione. Aveva visto la sua vita sgretolarsi quando il caos aveva travolto Richmond e aveva preso anche la sua famiglia, e ora sembrava che la sua disperazione fosse giunta al limite.

"Non possiamo restare qui," disse Harper, con la voce tremante e gli occhi spalancati dal terrore. "Non possiamo continuare a nasconderci. Questo posto è maledetto, devo andarmene!"

Emily cercò di calmarlo, avvicinandosi lentamente. "Steven, aspetta, stiamo ancora testando il dispositivo, non sappiamo bene come funziona e quanto tempo può reggere."

Ma Harper non volle ascoltare. Il suo sguardo era quello di un uomo in preda al panico, incapace di ragionare. "Non c'è più tempo! Devo uscire da qui. Devo trovare un'auto e andarmene il più lontano

possibile."

Prima che qualcuno potesse fermarlo, Harper si diresse verso l'ingresso della biblioteca, dove le porte erano ancora chiuse. James e Walker si guardarono con apprensione mentre Harper si avvicinava.

"Non farlo, Harper!" gridò James cercando di fermarlo, ma l'uomo era ormai deciso. In un gesto avventato, afferrò le maniglie delle porte e, senza badare alle grida degli altri, le spalancò. Il dispositivo stava funzionando proteggendo le persone all'interno della biblioteca nonostante le porte fossero state aperte, ma non sapevano ancora quanto fosse efficace ed eventuali problemi che avrebbero riscontrato.

Harper uscì di corsa, diretto verso un'auto abbandonata non lontano. Il gruppo restò paralizzato per un istante fissando la corsa di Harper, incerti su come reagire. James cercò di richiamarlo, ma l'uomo era già fuori.

Harper corse verso l'auto, convinto di aver trovato una via di fuga. Per qualche istante, sembrò che il dispositivo stesse davvero funzionando: il frinire era cessato, e tutto intorno a lui era immerso in un silenzio innaturale. Ma non appena superò i cento metri circa dalla biblioteca, accadde l'impensabile.

Il frinire delle cicale tornò improvvisamente, questa volta come un urlo lacerante nelle orecchie di Harper che si bloccò di colpo portandosi le mani alla testa. Un grido di dolore gli sfuggì dalle labbra, le sue orecchie cominciarono a sanguinare e il dolore era insopportabile, tagliente come un bisturi.

Dal loro punto di osservazione, Emily, James e gli altri guardarono con orrore mentre Harper lottava contro qualcosa di invisibile. Sembrava che stesse per cadere, i suoi movimenti erano disordinati e convulsi. L'uomo si piegò in avanti, cadde a terra e si contorse in spasmi violenti.

"Oh mio Dio," mormorò Emily, sentendo il cuore gelarsi nel petto. Le lacrime cominciarono a rigarle il viso, ma non riusciva a distogliere lo sguardo da quello che stava accadendo.

Harper cercò disperatamente di rialzarsi, ma ogni movimento provocava nuove ondate di dolore. I suoi muscoli si contrassero violentemente, finché non riuscì più a muoversi. Il frinire, ormai diventato un martello sonoro nella sua testa, lo stava uccidendo. I suoi occhi si spensero mentre la vita lo abbandonava.

James si sentì paralizzato, incapace di staccare lo sguardo dal corpo senza vita di Harper.

"Chiudiamo James, dobbiamo chiudere le porte!" urlò il professore. James si attivò nell'immediato scaraventandosi sull'enorme porta di legno: "Abbiamo creato una sorta di muro invisibile," disse con un filo di voce. "Oltre quel limite, il frinire torna… e uccide."

"Si" disse Walker, "un centinaio di metri, ecco cosa ci separa dalla morte e lo abbiamo scoperto nel modo peggiore"

La morte di Harper scosse profondamente tutto il gruppo. Non solo per la brutalità del modo in cui era avvenuta, ma anche per il terrore che essa instillava. Se il dispositivo aveva un limite così preciso, allora non potevano considerarsi al sicuro, se non per qualche passo, all'esterno della biblioteca. Emily, visibilmente scossa, continuava a guardare la porta come se temesse che da un momento all'altro si sarebbe riaperta, riportando il suono letale al loro interno.

"Non possiamo andare avanti così," disse "Non sappiamo abbastanza del dispositivo... e Steven è morto per questo. Dovevamo essere più cauti..."

Bet annuì sconcertata. Avevano cercato di fare tutto nel miglior modo possibile, ma erano stati presi alla sprovvista. Harper aveva agito in preda al panico, mettendo in pericolo tutti gli altri e il dispositivo, che avrebbe dovuto proteggerli, aveva invece dimostrato i suoi limiti nel modo più crudele possibile.

"Non c'è tempo per piangere," disse Walker, anche se la sua voce tradiva la tensione. "Dovremmo trovare un modo per estendere l'efficacia del dispositivo per darci maggiore copertura una volta fuori dalla biblioteca. Se non lo facciamo e non sappiamo la distanza che copre, potrebbe succedere di nuovo."

Bet si passò una mano tra i capelli, cercando di riprendersi. "Cosa possiamo fare? Il dispositivo ha una portata limitata, e non possiamo spostarlo troppo lontano dalla fonte di energia."

James, con lo sguardo fisso sul dispositivo che ancora emetteva a piena potenza il suo segnale, cercò di pensare a una soluzione. "Dobbiamo estendere la potenza del dispositivo, o trovare un modo per collegarlo a più fonti di energia. E dobbiamo farlo velocemente."

Il gruppo si ritirò nella sala centrale della biblioteca per discutere delle possibilità di mantenere il dispositivo operativo una volta spostato nella grotta, ma vi era un silenzio tombale, la morte di Harper aveva segnato tutti loro, quelle scene così drammatiche ormai si erano attaccate ai loro pensieri come il più forte dei collanti.

Walker, nonostante fosse ancora turbato dagli eventi, cercava di mantenere la calma. "Una delle opzioni è quella di utilizzare pannelli solari," iniziò, tracciando con il dito una mappa della zona intorno alla grotta. "Potremmo installarli sopra la grotta o in un'area aperta, lontano dalla copertura delle cicale. Ma c'è un problema evidente: le cicale."

James annuì, riflettendo sulla proposta. "Le cicale sono ovunque, e se coprissero i pannelli solari, non avremmo abbastanza luce per alimentare il dispositivo. Un modo per evitare questo è posizionare i pannelli molto lontano dalla grotta, in un'area ben esposta e collegarli con cavi molto molto lunghi, ma questo comporterebbe rischi di dispersione energetica e possibili danneggiamenti ai cavi."

Fu a quel punto che Emily, la bibliotecaria, parlò con tono deciso, cercando di nascondere il tremore nella sua voce. "Non so se può esservi utile, ma nella biblioteca abbiamo un vecchio generatore diesel. Lo abbiamo usato sporadicamente durante i blackout o quando c'erano dei lavori comunali sui cavi dell'alta tensione che comportavano lo spegnimento della corrente. Non è stato usato molto, ma dovrebbe ancora funzionare."

Walker si voltò verso di lei, sorpreso dalla rivelazione. "Un generatore diesel? Quanto è vecchio? Potrebbe davvero funzionare?"

"È vecchio, ma è stato ben mantenuto," rispose Emily, "L'ho fatto revisionare l'ultima volta l'anno scorso più o meno in questo periodo e da allora non è stato più utilizzato, è vecchio ma è robusto".

James sembrava riprendersi un po' di fiducia. "Se riusciamo a mantenere il generatore in funzione senza interruzioni, potremmo avere una soluzione. Non è perfetto, ma potrebbe funzionare. Potremmo portarlo con noi, vicino alla grotta, e usarlo per alimentare il dispositivo."

Il vecchio generatore diesel venne recuperato dal locale di servizio della biblioteca da Emily e Walker si mise subito al lavoro per assicurarsi che fosse in condizioni operative. Nonostante la sua età, il generatore sembrava essere ancora in buone condizioni. Aveva un aspetto solido, costruito per durare, ma c'era ancora molto da fare.

"Dobbiamo sapere esattamente quanto carburante avremo bisogno. Non possiamo permetterci di

restare a secco nel bel mezzo dell'operazione."
disse il professore con in mano un quaderno logoro
per fare alcuni calcoli.

"Quanto consuma?" chiese James, mentre
osservava Walker con attenzione.

"Se funziona come previsto, dovrebbe consumare
circa 0,75 litri di carburante all'ora sotto carico.
Con il serbatoio pieno, abbiamo circa 20 litri.
Questo significa che possiamo farlo funzionare per
circa 26-27 ore, forse 30 se riusciamo a ottimizzare
il carico." rispose Walker.

James rifletté un momento, poi annuì. "Dovrebbe
essere abbastanza per mantenere il dispositivo
operativo per tutto il tempo necessario per arrivare
alla grotta, calarlo dentro e sfruttare la stessa
amplificazione della grotta che sta amplificando le
cicale per contrastarne il suono e neutralizzarlo in
modo efficace ma dobbiamo essere pronti a
ricaricarlo di carburante se necessario."

Walker proseguì nei suoi calcoli, annotando ogni
dettaglio. "Non possiamo permetterci errori. Ogni
litro di carburante deve essere utilizzato al meglio.

Se ci fermiamo per qualche ragione, dovremo ricominciare tutto da capo e potrebbe essere troppo tardi."

Con i calcoli fatti e il piano delineato, il gruppo si preparò per il trasporto del generatore e del dispositivo alla grotta. Non era un compito facile, ma erano determinati a farlo funzionare. Il generatore venne caricato su un vecchio carrello trovato nella biblioteca e attaccato alla vecchia station wagon di Walker e il carburante in più venne suddiviso in taniche per facilitarne il trasporto.

"Dobbiamo essere rapidi e precisi," disse Walker, impartendo le ultime istruzioni. "Non possiamo permetterci di perdere tempo. Ogni minuto è prezioso."

James annuì "Possiamo posizionare il generatore vicino alla grotta, ma non troppo vicino da essere esposti alle cicale. Useremo cavi lunghi per collegarlo al dispositivo all'interno della grotta. In questo modo, potremo tenere il generatore protetto e lontano da eventuali problemi derivanti dalle cicale.

Nella sala centrale della biblioteca, il silenzio era rotto solo dai respiri tesi. James prese la parola: "Dobbiamo essere chiari, non possiamo permetterci di portare tutti nella grotta. È troppo pericoloso e non possiamo rischiare di perdere più nessuno, ma abbiamo bisogno di chi sa cosa fare."

Emily, con uno sguardo risoluto ma con un leggero tremore nella voce, aggiunse: "La grotta è un'incognita. Non sappiamo cosa ci aspetta là fuori e, se qualcosa va storto, dobbiamo essere pronti a tutto."

Un mormorio si sollevò tra i presenti. Lucas, un uomo con i capelli brizzolati e una cicatrice che gli attraversava la guancia, cercò di opporsi con la voce spezzata dall'emozione: "Come possiamo aiutarvi? Se qualcosa va storto..."

Walker rispose con calma, ma con fermezza: "Dobbiamo essere razionali. James ha costruito il dispositivo; è l'unico che può risolvere eventuali problemi tecnici. Io ho le competenze scientifiche e ingegneristiche necessarie per affrontare qualsiasi imprevisto. Bet è stata in prima linea fin dall'inizio, sa come affrontare il pericolo e intervenire in caso di bisogno ed Emily conosce le mappe e la storia della zona, è la nostra guida migliore."

Bet, che fino a quel momento era rimasta in silenzio, sentì il peso della responsabilità crescere dentro di lei. Alzò finalmente lo sguardo, cercando di controllare l'emozione nella sua voce: "So che non è giusto, ma non si tratta di giustizia ora. Si tratta di sopravvivenza. Dobbiamo assicurarci che, se qualcosa va storto, qualcuno rimanga qui per continuare la lotta, per prendervi cura l'uno dell'altro e raccontare ciò che è successo. Non possiamo permettere che nessuno di più rischi la sua vita."

Un silenzio pesante seguì quelle parole. L'atmosfera si fece ancora più tagliente quando Margaret, la madre di Bet, prese parola. Il suo volto era segnato dalla preoccupazione e nei suoi occhi c'era una profonda apprensione.

"Bet, non puoi farlo..." la voce di Margaret era spezzata, quasi un sussurro doloroso. dalle sue guance scendevano lacrime pesanti. Bet non aveva mai visto piangere sua madre così. "Non posso perdere anche te, non dopo tutto quello che abbiamo passato."

Bet si girò verso sua madre, sentendo il dolore nella sua voce come una pugnalata al cuore. "Mamma... lo so, ma non resta altro da fare e io... io devo essere lì."

Margaret la fissò, le sue lacrime non riuscivano più ad essere trattenute. "Hai già fatto così tanto, Bet. Sei stata così forte... ma io sono tua madre. Non posso lasciarti andare" aggiunse con un tono di voce severo.

Bet si avvicinò a lei, prendendole le mani nelle sue, le sue parole erano dolci ma decise. "Mamma, se non andiamo non ci sarà più nulla per cui combattere. Devo fare questo per te, per papà, per tutti noi. E tornerò, te lo prometto."

Margaret abbassò lo sguardo, incapace di parlare per un momento, poi annuì lentamente, cercando di trovare la forza di lasciare andare sua figlia. "Torna da me, Bet. Torna..." Bet le strinse le mani con forza, cercando di trasmettere tutta la sua determinazione. "Tornerò, mamma. Te lo prometto." disse abbracciandola stretta a sé. "Sono tornata per te e tornerò ancora."

Emily, osservando la scena con un misto di rispetto e preoccupazione, intervenne per spezzare quel momento così carico di emozione. "Non saremo soli, Margaret. Faremo tutto il possibile per tornare indietro insieme."

Bet, ancora accanto a sua madre, rispose con un piccolo sorriso triste ma determinato: "Faremo del nostro meglio, ve lo prometto. Ma ora dobbiamo andare. È l'unico modo per salvare Richmond, per salvare tutti noi." Walker, con una serenità determinata, concluse: "Siamo pronti! Andiamo"

Il gruppo si scambiò uno sguardo di intesa. Era un momento di grande responsabilità ma anche di unità. I quattro sapevano che il destino della missione, e forse di Richmond, dipendeva da loro. Senza ulteriori parole, si prepararono a partire, consapevoli che ogni passo poteva essere l'ultimo, ma determinati a non fallire.

Con il generatore carico di carburante e il dispositivo pronto per essere trasportato, mappe e qualche libro, il gruppo si preparò per affrontare la grotta. Nonostante le incertezze e i pericoli, sapevano che questo era l'ultimo passo per fermare la follia che aveva avvolto Richmond.

Mentre il suono del generatore riempiva l'aria, quasi sovrastando il frinire lontano delle cicale, Walker caricava la macchina con strumenti e cavi che sarebbero potuti servire, James con rapidità collego il dispositivo direttamente al generatore in modo da fornire quei fatidici 100 metri di protezione intorno a loro e al veicolo. Il gruppo si sentì per la prima volta un po' più sicuro ma sapevano che il vero test sarebbe arrivato una volta nella grotta.

Era quasi l'imbrunire e si avviarono verso il loro destino, sapendo che la sorte della città dipendeva da loro e dal ruggito costante di un vecchio generatore diesel che non doveva assolutamente spegnersi.

Capitolo 12: Attraverso la Città

La città di Richmond, un tempo pulsante di vita, ora giaceva sotto un velo di morte e desolazione. Il caldo opprimente che aveva attanagliato la città fin dalle prime ore dell'epidemia di cicale continuava a soffocare ogni cosa, come una cappa asfissiante che non permetteva tregua. Il sole del tramonto, nascosto dietro una coltre di nuvole dense e torbide, emanava comunque un calore insopportabile trasformando l'aria in un ulteriore nemico invisibile. Le strade erano spoglie e silenziose come se l'intera città stesse trattenendo il respiro.

La vecchia station wagon di Walker avanzava lentamente lungo le vie deserte, trainando il carrello con il generatore e il dispositivo. Il motore ruggiva in modo sordo, quasi affaticato, come se anch'esso risentisse del peso del caldo e della tensione che gravava su tutti loro. Il dispositivo emetteva un ronzio costante, un suono monotono e rassicurante che respingeva il frinire assordante delle cicale, creando intorno a loro una bolla di protezione di circa cento metri. Ma quel silenzio, seppur salvifico, era carico di un'angoscia che penetrava nella pelle, come un presagio di ciò che li attendeva oltre.

All'interno del veicolo, il calore era insopportabile. L'aria condizionata era un lusso che avevano dovuto sacrificare per risparmiare carburante e il risultato era un ambiente soffocante dove il sudore colava copiosamente dai volti e dalle orecchie coperte dalle cuffie protettive dei quattro occupanti. L'odore acre del metallo surriscaldato e del sudore impregnava l'aria, mescolandosi al fetore di qualcosa di marcio che sembrava provenire dalle profondità della città stessa.

James, seduto accanto a Walker, osservava con attenzione il monitor collegato al dispositivo per controllare che tutto fosse in ordine e che il dispositivo stesse emettendo la controfase di frequenza. Ogni tanto, la sua mano si stringeva nervosamente attorno al bordo della console, mentre un rivolo di sudore gli scivolava giù per la fronte. "Per ora tutto regge," mormorò, cercando di infondere sicurezza a se stesso e agli altri. "Il dispositivo ci sta mantenendo protetti"

Walker annuì, stringendo il volante con mani sudate e coperte da un velo di polvere. I suoi occhi scrutavano la strada davanti a loro, ogni ombra, ogni riflesso era una potenziale minaccia. Il caldo soffocante rendeva difficile concentrarsi e l'umidità nell'aria faceva sembrare la pelle appiccicosa e irritata. "Dobbiamo sperare che il generatore non ci abbandoni," disse con voce tesa. "Se si ferma, siamo spacciati."

Dietro di loro, Bet cercava di scacciare la sensazione di soffocamento che la stava avvolgendo. Il sudore le inzuppava i vestiti e il calore all'interno della macchina sembrava amplificare la sua ansia. "Dobbiamo solo continuare a muoverci," disse, più a se stessa che agli altri. "Non possiamo fermarci."

Emily, accanto a Bet, osservava la strada attraverso il finestrino sporco. Il cielo sopra Richmond era oscurato da nuvole dense e dalla notte in arrivo. "La città sta morendo" sussurrò con voce carica di tristezza. "Non è rimasto più nulla qui."

Proseguendo, il paesaggio urbano intorno a loro sembrava chiudersi lentamente, quasi inghiottendoli in una morsa di oscurità. Le strade si facevano sempre più strette e claustrofobiche, con edifici in rovina che si ergevano come fantasmi di un tempo passato. L'asfalto rovente emanava un odore di bitume che si mescolava all'aria calda e appiccicosa, rendendo ogni respiro un'impresa.

Il silenzio innaturale, interrotto solo dal ronzio del dispositivo e dal rombo del motore, rendeva il viaggio ancora più surreale. Richmond ora sembrava trattenere il respiro, come se aspettasse che qualcosa di terribile accadesse.

Improvvisamente, James notò qualcosa fuori dal finestrino. "Walker, guarda là!" esclamò, indicando un punto in lontananza. Appena fuori dalla bolla di protezione un gruppo di cicale sembrava essersi radunato in un groviglio pulsante e i loro corpi deformi e iridescenti riflettevano la luce fioca del giorno. "Sembrano attratte dal dispositivo," continuò preoccupato.

Walker accelerò leggermente, cercando di evitare il contatto con quel muro vivente. "Non fermarti," disse Emily, ormai provata dalla paura.

All'improvviso un terribile colpo assalì l'auto mentre passavano accanto al gruppo. Walker perse momentaneamente il controllo dell'auto dovendo a fatica riprendere la rotta in un istante di paura. "Che succede?!" urlò Emily in panico.

Una delle cicale più grandi si era staccata dalla schiera e si era lanciata bruscamente contro il finestrino del lato passeggero. Il vetro scricchiolò sotto l'impatto, senza però infrangersi. La cicala scivolò via, lasciando una scia viscida sulla superficie.

"Merda!" urlò Bet, con il cuore che le batteva in gola. "Non rallentare, Walker!"

Walker mantenne la velocità, le sue mani stringevano il volante al punto di far diventare le nocche bianche. James osservava il generatore attraverso il retrovisore, preoccupato che il contraccolpo potesse aver danneggiato qualcosa.

Continuarono a guidare, ma la tensione all'interno del veicolo era palpabile.

Mentre la station wagon continuava a percorrere le strade deserte e buie di Richmond, il caldo opprimente non dava tregua. L'aria all'interno del veicolo era densa e satura. Il ronzio monotono del dispositivo, che li aveva finora protetti dal frinire delle cicale, sembrava l'unica barriera tra loro e la follia.

Improvvisamente, James notò uno sfarfallio sul monitor del dispositivo. "Walker, rallenta un attimo," disse, cercando di non far trasparire il panico.

Walker obbedì, rallentando l'andatura mentre la preoccupazione cresceva nell'abitacolo. "Il dispositivo sta ancora funzionando, vero?"

James si chinò verso il dispositivo, controllando i collegamenti e le letture. Ma prima che potesse dare una risposta, il ronzio rassicurante si interruppe bruscamente, lasciando spazio a un silenzio surreale. Un attimo dopo, il frinire delle cicale esplose tutt'intorno a loro, riempiendo l'aria di un suono acuto e penetrante, un suono che era sufficiente a far impazzire chiunque vi fosse esposto.

"Ma che cavolo sta succedendo!" esclamò Walker, accelerando di colpo mentre il frinire delle cicale sembrava stringerli in una morsa letale.

Immediatamente, tutti e quattro furono investiti da un'ondata di dolore. Le orecchie cominciarono a pulsare sotto le cuffie e il suono, che sembrava perforare direttamente il cervello nonostante la protezione, diventò così intenso da farli urlare involontariamente. James si piegò in avanti, i denti stretti, mentre il mondo intorno a lui si distorceva in un vortice di dolore e suoni devastanti.

"James, fai qualcosa!" urlò Walker, anche se le sue parole si perdevano nel caos sonoro. Ogni secondo che passava li avvicinava alla follia, e la lucidità cominciava a scivolare via, trascinata dal frastuono.

Con le mani tremanti e il suono che sembrava volerli annientare, James cercò disperatamente la causa del guasto. I suoi occhi si offuscarono per il dolore, e per un momento temette di non farcela, che il frinire potesse essere l'ultimo suono che avrebbe mai sentito. Poi, con un ultimo sforzo, le sue dita trovarono un cavo allentato, sfilato dalla sua sede a causa delle vibrazioni del viaggio.

"Ci sono quasi!" gridò, ma la sua voce era un debole eco nella mente annebbiata. Con un movimento rapido e disperato, spinse il cavo nella sua presa, sentendo finalmente il click rassicurante.

Per un attimo, sembrò che nulla fosse cambiato. Il frinire delle cicale continuava a risuonare nelle loro teste, ormai insopportabile. Poi, il ronzio del dispositivo riprese lentamente, crescendo fino a respingere il suono infernale, riportando la protezione tanto necessaria.

Quel suono invisibile, ma letale, fu respinto nuovamente e il frinire si attenuò fino a scomparire del tutto. All'interno della macchina però il danno era stato fatto. Tutti erano ancora contorti dal dolore, mentre con fatica cercavano di riprendersi. Walker, con il volto pallido, aveva i pugni serrati sul volante, cercando disperatamente di mantenere la lucidità.

"Cristo..." mormorò James, lasciandosi cadere contro il sedile. "Nemmeno le cuffie ci proteggeranno ormai, il suono è talmente forte che supera ogni barriera!" Il dolore pulsava ancora nella sua testa, ma il silenzio ritrovato era quasi assordante.

Bet si passò una mano tremante sulla fronte bagnata. "Eravamo a un passo... dal perderci, o peggio, morire," sussurrò, cercando di riprendere fiato.

Emily, ancora tremante, guardava fuori dal finestrino, come se il paesaggio potesse aiutarla a trovare un punto di riferimento. "Pensavo di impazzire... non riuscivo a pensare..."

Walker, respirando affannosamente, si sforzò di parlare. "Non possiamo permetterci che accada di nuovo. Siamo stati troppo vicini... troppo vicini."

Walker continuava a guidare senza distogliere lo sguardo dalla strada, con una apparente calma che non sapeva da dove arrivasse, non aveva scelta. Andare in panico non sarebbe servito a nulla. Il suono aveva lasciato dietro di sé una sensazione di vuoto, come se avesse rubato un pezzo delle loro anime. Ma sapevano che non potevano rallentare.

"James," disse Walker, la voce ancora tremante, "il dispositivo regge?"

James controllò di nuovo i collegamenti, assicurandosi che tutto fosse al suo posto. "Sì... dovrebbe reggere. Ma dobbiamo muoverci ora, prima che accada di nuovo!"

Il viaggio proseguì, ma l'incidente aveva lasciato il segno. Ogni piccolo rumore, ogni vibrazione li faceva sobbalzare, temendo che la protezione potesse crollare di nuovo. Il caldo soffocante e l'aria pesante non aiutavano, aumentando la sensazione di claustrofobia e vulnerabilità.

Il silenzio all'interno del veicolo era diventato opprimente, rotto solo dal ronzio monotono del dispositivo. Si avvicinavano alle colline che li avrebbero condotti alla grotta, seguendo le indicazioni che Emily continuava a dare nonostante la paura che sentiva nello stomaco e il dolore nelle orecchie ancora presente, un promemoria costante di quanto potessero essere vicini alla fine.

Proseguendo nel loro tragitto, si trovarono di fronte a un ponte che attraversava un piccolo fiume che tagliava la città. Una parte delle cicale sembravano concentrarsi lì, forse attirate dall'umidità o dalla presenza dell'acqua. Walker rallentò istintivamente, cercando di capire come attraversare quella barriera vivente. "Non possiamo fermarci," esclamò James.

"Non abbiamo scelta," rispose Walker. "Se proviamo a passare potremmo essere sopraffatti."

Mentre discutevano, una serie di rumori sinistri si fece strada nell'aria. Sembrava che qualcosa stesse muovendosi sotto il legno del ponte, un suono di graffi e stridii mandò un brivido lungo la schiena di tutti.

"Che diavolo è quello?" chiese Bet con il volto inorridito.

All'improvviso, un'ondata di cicale emerse dal sottobosco vicino al ponte, come un'orda di creature infernali, sciamando verso la macchina. Il ronzio assordante del loro frinire sembrò sfidare la bolla di silenzio creata dal dispositivo. Le creature si lanciavano contro la barriera invisibile, respinte solo all'ultimo momento, cadendo a terra contorte e moribonde solo per essere sostituite da altre.

"Walker, vai!" gridò Emily oramai in preda al panico.

Walker non se lo fece ripetere. Con un colpo secco di acceleratore, la station wagon si lanciò sul ponte. Le cicale colpirono il veicolo e il generatore da ogni lato, creando un suono come di pioggia di artigli sul metallo. Il generatore dietro di loro a stento rimase acceso mantenendo a malapena la sua potenza ma riuscendo comunque a far avanzare la macchina attraverso quell'orrida visione.

James guardò indietro, il respiro corto, mentre il carrello con il generatore si piegava pericolosamente da un lato all'altro. Ogni secondo sembrava una lotta contro il tempo e contro la follia.

"Ce l'abbiamo fatta!" esclamò Bet con cuore in gola quando riuscirono ad attraversare il ponte, lasciando la massa di cicale dietro di loro. Continuarono a guidare, ma il paesaggio cambiava rapidamente. Le strade si fecero più strette, più dissestate, e la vegetazione cominciò a farsi più fitta, mentre si avvicinavano alle colline che segnavano l'inizio dell'area della grotta.

L'aria notturna era rovente, quasi irrespirabile e ogni respiro portava con sé l'odore pungente della terra calda e del fogliame marcescente. Poi lo videro: uno scenario che sembrava uscito da un incubo.

Le colline e l'area intorno alla grotta erano completamente ricoperte di cicale. Centinaia di migliaia, forse milioni, si muovevano incessantemente, creando un mare oscuro e ondulante che copriva ogni superficie. Le cicale si arrampicavano l'una sull'altra, si spingevano in avanti, tutte attratte da un punto oscuro nel cuore della grotta.

Emily fissava la scena in preda al terrore con occhi spalancati. "È peggio di quanto immaginassimo."

Walker fermò la macchina a una distanza sicura, osservando con orrore lo scenario davanti a loro. "Come diavolo faremo a portare il dispositivo là dentro?" chiese, più a se stesso che agli altri.

James fissava la grotta, sentendo il peso della situazione gravare sulle sue spalle. "Dobbiamo trovare un modo," disse con determinazione. "Non siamo arrivati fin qui per arrenderci adesso."

Bet guardava fuori dal finestrino il buio della notte, il cuore le batteva forte nel petto. La visione delle cicale, un muro vivente che bloccava la loro strada, era più spaventosa di qualsiasi incubo. Non avrebbe mai immaginato di tornare a Richmond e trovarsi in una situazione al limite del surreale né di dover affrontare la morte, ma sapeva nel suo cuore che doveva farlo per sua madre e per tutte le persone che ancora avevano una speranza.Sapeva che il vero incubo era appena cominciato ma doveva mettere fine a tutto ciò che aveva causato la morte del padre, doveva farlo. Soprattutto per lui.

Capitolo 13: Il Segreto della Grotta

La station wagon di Walker si fermò a pochi metri dall'ingresso della grotta, il motore ancora ruggente si spense lasciando solo un lievissimo frinire attutito dall'onda sonora del dispositivo. Il gruppo era teso, consapevole che ogni minuto perso aumentava il rischio. Il calore opprimente che sembrava emanare direttamente dalle rocce circostanti, rendeva ogni respiro affannoso, mentre il cielo scuro sopra di loro era presagio di una notte che avrebbe potuto essere l'ultima.

"Prima di entrare, dobbiamo assicurarci che i cavi siano abbastanza lunghi per portare il dispositivo all'interno della grotta," disse Walker, con lo sguardo fisso sull'oscurità che li attendeva. "E dobbiamo rifornire il generatore di carburante."

James annuì, già tirando fuori le torce che sarebbero servite nella grotta e i cavi dal retro del veicolo. "Non possiamo permetterci di restare senza energia lì dentro," disse, con una nota di preoccupazione nella voce. "Se il dispositivo si spegne, anche solo per un istante, siamo finiti."

Mentre gli altri preparavano l'attrezzatura, James, sistemandosi saldamente le cuffie sulla testa, si avvicinò al generatore diesel afferrando una tanica di carburante. Con gesti precisi e calcolati svitò il tappo del serbatoio e iniziò a versare il carburante. Le sue mani tremavano leggermente, non tanto per il peso della tanica, quanto per la consapevolezza del pericolo che stava correndo.

Walker si avvicinò a James, osservando l'ingresso della grotta coperto di cicale. "Abbiamo circa 25 ore di autonomia una volta che ricarichi il generatore" James annuì, chiudendo il serbatoio. "Sì, dovremmo avere abbastanza tempo, ma dobbiamo muoverci. Non possiamo permetterci ritardi."

Con il generatore rifornito e i cavi verificati, il gruppo si preparò a entrare. Il dispositivo emetteva il suo ronzio rassicurante, ma tutti sapevano che si trovavano sull'orlo del disastro. Ogni movimento doveva essere perfettamente coordinato.

Emily guardava le cicale che ricoprivano l'ingresso della grotta, le loro forme nere e iridescenti che si agitavano alla luce delle torce. "Non c'è altra via se non attraverso," mormorò con voce sottile e una sensazione di sconforto.

Con il dispositivo acceso al massimo della potenza il gruppo iniziò ad avanzare lentamente verso la grotta. Il suono concentrato creò un varco stretto tra le cicale, respingendole abbastanza da permettere loro di passare. Ogni passo era una prova di nervi, con il rischio costante che la barriera sonora potesse cedere.

"Attenti ai cavi" disse Walker, "se ci inciampassimo o ne tirassimo anche solo uno in modo troppo brusco, potrebbero staccarsi o peggio ancora rompersi e saremmo morti in un istante!"

Le cicale, sebbene respinte, sembravano seguire ogni loro movimento, pronte a richiudere il varco non appena dietro di loro.

L'interno della grotta era immerso in un silenzio spettrale, rotto solo dal respiro affannoso e dal ronzio del dispositivo. La grotta era umida e fredda, un contrasto netto con il calore esterno ma il dispositivo sembrava tenere a distanza il frinire. Le pareti, illuminate dalle torce, rivelavano già durante i primi passi ciò che sembravano essere antichi simboli incisi nella pietra.

Emily si avvicinò per esaminarli da vicino, affascinata dalla loro complessità. "Questi simboli... sembrano Zapoteci, era una antica civiltà vissuta circa 500-600 a.C nella Valle del Lindo, a Oaxaca, Messico!" disse sfiorando le incisioni con le dita. "È come se chi li avesse incisi ne conoscesse molto bene il tipo di scrittura"

Accigliato, Walker si avvicinò alle pareti della grotta. "Zapoteci? Qui? A migliaia di chilometri dal Messico? Non pensavo che il loro influsso potesse estendersi fino a questa regione."

Bet, avvicinandosi con cautela, osservava la forma di un imponente monolite al centro della grotta. "Non è solo questo... guarda quanto è ben conservato questo masso. Questi simboli sembrano antichi, ma intatti. Non ha senso."

James, incuriosito dal monolite, si avvicinò per osservarlo più da vicino. "Aspetta un attimo..." mormorò, appoggiando una mano sulla superficie liscia e fredda. Appena la sua mano entrò in contatto con il monolite, una vibrazione potente attraversò il suo braccio, facendolo sobbalzare. "Whoa!" esclamò, ritirando la mano di scatto. "Questo coso... sta vibrando! Ma non è solo una vibrazione ordinaria, è come se... come se risuonasse con le cicale."

Emily annuì, lo sguardo fisso sul monolite. "Sì, ha senso. Il frinire delle cicale è così intenso che sta amplificando le vibrazioni di questo diapason naturale. È come se, risuonando con la frequenza delle cicale, la riamplificasse. È per questo che sembra che il suono non abbia fine. Questa grotta funziona come una gigantesca cassa di risonanza, ma qui parla di un rituale, non riesco a capire. Probabilmente spiega come usare la frequenza del rituale che abbiamo trovato nel vinile, ci sono due onde che si intrecciano."

Walker si chinò per osservare meglio la base del monolite. "Sì, come avevamo detto, ma se sbagliamo, potrebbe amplificare ancora di più il suono e distruggerci."

James si avvicinò al masso abbassandosi per osservarlo da ogni angolazione e trovò dei piccoli fori nella base del monolite, simili a quelli che aveva visto in strutture moderne per collegare cavi elettrici. "Questi fori..." disse passandoci sopra con le dita, "Possiamo usarli per collegare il dispositivo. Se funziona, la grotta stessa diventerà una cassa di risonanza e potrebbe risolvere tutto. Ma... è rischioso."

Bet, con lo sguardo preoccupato, guardava la roccia, consapevole del pericolo imminente. "Come fai a esserne sicuro? E se fallissimo? Sarebbe la fine!"

James scosse la testa. "Non lo so, qualcosa mi dice che potrebbe funzionare ma non ci resta che tentare se siete d'accordo."

I tre si scambiarono uno sguardo determinato sapendo che James sapeva di cosa stava parlando. Bet si fidava di lui e non le restava che affidarsi al destino. Dopotutto il destino l'aveva portata a

reincontrare il suo grande amore e nel profondo del suo cuore sentiva di avere una speranza.

Con un respiro profondo, James annuì al consenso del gruppo. Iniziò a collegare i cavi del dispositivo al monolite, il sudore gli colava dalla fronte e sentiva su di sé una senso di responsabilità che mai aveva sentito prima. Il ronzio del dispositivo divenne più profondo e intenso, crescendo mentre l'energia fluiva dai cavi. Improvvisamente, la vibrazione del monolite aumentò in maniera esponenziale e la grotta iniziò a tremare violentemente.

Le pareti dell'interno si muovevano e pezzi di stalattiti iniziavano a cadere dal soffitto. All'improvviso una delle stalattiti si staccò dall'alto della grotta colpendo Emily al lato della spalla. Cadde a terra con un grido. Il sangue iniziò a scorrere copiosamente dalla ferita, macchiando il pavimento di polvere e detriti. "Emily! Tieni duro!" disse Bet correndo verso di lei, tentando di fermare l'emorragia come poteva.

Mentre la caverna continuava a tremare, uno dei cavi collegati al monolite si staccò improvvisamente per la forte vibrazione, generando un boom sonico devastante. L'intera grotta si riempì di un fragore assordante, come una bomba esplosa da dentro. Un flash di luce accecante illuminò la grotta, rendendo l'ambiente bianco e opprimente. Per un attimo sembrò che il tempo si fosse fermato.

James, Walker e Bet vennero sbalzati indietro, coprendosi istintivamente gli occhi. Un ronzio penetrante si insediò nelle loro teste, e il mondo intorno a loro sembrò spegnersi. Erano completamente sordi, incapaci di sentire altro che un suono acuto e persistente. I loro sensi sembravano svanire, come se la realtà stessa fosse stata messa in pausa.

Per alcuni interminabili minuti, nessuno di loro poteva sentire o vedere nulla. Il monolite si era fermato, smettendo di vibrare e il ronzio del dispositivo si era completamente interrotto.

James fu il primo a riprendere lentamente i sensi, si rialzò a fatica. La testa gli girava e le orecchie pulsavano dolorosamente nonostante le cuffie. Il dispositivo era spento. Il monolite sembrava morto, immobile. Non si sentiva più il frinire delle cicale.

Guardò intorno a sé, notando che Walker e Bet si stavano lentamente alzando da terra, ancora intontiti. Il silenzio era assordante, innaturale, come se l'intero mondo avesse smesso di esistere. L'unico suono che riusciva a percepire in lontananza era il generatore di corrente fuori dalla grotta, ancora in funzione.

Bet si avvicinò a Emily, che giaceva ancora a terra, ferita e stordita dal colpo. "Emily... resisti. Ti porteremo fuori da qui."

Walker si rialzò confuso, ancora con le orecchie che ronzavano e gli occhi doloranti per la luce fulminea. "Cos'è successo? Perché... è tutto spento?"

James, incredulo ancora scosso, cercò di far mente locale. "Non lo so... sembra che il monolite si sia spento... insieme al dispositivo. È come se il collegamento avesse sovraccaricato tutto."

Bet guardò verso l'uscita della grotta. "E le cicale? Non le sento più." Il silenzio, rotto solo dal rumore del generatore in lontananza, sembrava surreale. Dopo mesi di frinire incessante, di notte e giorno tormentati dal suono delle cicale, il vuoto era opprimente, innaturale, quasi surreale.

James, con aria diffidente si avvicinò al monolite, che ora era freddo e immobile. Osservò attentamente i cavi cercando di capire cosa avesse potuto causare quella specie di esplosione, "Credo che il monolite... si sia adattato alla nuova frequenza. Il frinire è stato... annullato, non si sente più nulla." disse provando a sollevare leggermente una delle cuffie dal suo orecchio destro.

Ma Walker, osservando il dispositivo ormai spento, si preoccupava per altro. "Non sappiamo se questo effetto sia temporaneo, potrebbero tornare a frinire da un momento all'altro!"

James scosse la testa, incerto. "Non lo so, ma per ora... sembra che funzioni."

Bet annuì, aiutando Emily a sollevarsi. "Dobbiamo andarcene di qui subito. Emily ha perso troppo sangue, non possiamo restare."

Il gruppo si trascinava lentamente verso l'uscita della grotta, con il frastuono ancora nelle orecchie e la mente intontita dal boom sonico che li aveva colpiti. Bet teneva stretta Emily, il cui volto era pallido per la perdita di sangue dalla spalla ferita. James e Walker camminavano davanti, ancora scossi, cercando di orientarsi in quel silenzio surreale che ora li avvolgeva.

Quando finalmente la luce del sole cominciò a filtrare dall'ingresso, i loro passi rallentarono. Ciò che videro all'esterno li paralizzò all'istante.

Centinaia di migliaia di cicale morte coprivano il terreno davanti a loro, ammassandosi in un tappeto denso e opprimente. I corpi fragili degli insetti si estendevano per centinaia di metri, creando un manto nero-verde che sembrava interminabile. Le ali spezzate delle cicale riflettevano debolmente la luce del sole, e i gusci rigidi erano ovunque, creando un paesaggio macabro.

Bet si fermò per un attimo, gli occhi sbarrati. "Mio Dio..." mormorò, quasi incapace di credere a quello che stava vedendo. "Sono tutte morte."

Ogni passo che facevano produceva un suono inquietante, un crepitio sordo, simile a quello del pane secco calpestato, mentre i loro piedi affondavano leggermente nei corpi senza vita delle cicale. James avanzava lentamente con lo sguardo fisso sulla distesa di morte. Il terreno sotto i suoi piedi sembrava cedere, sbriciolandosi sotto la pressione delle loro suole, e quel suono ritmico, quasi insopportabile, sembrava riecheggiare nei loro cervelli.

Walker guardava la scena con uno sguardo assente, ancora stordito dagli eventi appena accaduti. "È come se tutto si fosse spento in un istante," disse a bassa voce. "Non riesco a credere che siano... tutte morte."

L'aria intorno era densa e calda e un leggero odore di decomposizione cominciava a farsi strada tra loro, mescolandosi al sudore e alla polvere. Il frinire incessante che li aveva perseguitati per giorni, settimane, era completamente scomparso. Il silenzio era quasi assordante.

Emily, tenuta in piedi a fatica da Bet, riuscì a sollevare lo sguardo per osservare quella scena desolante. Anche nel suo stato di semi-coscienza, si rese conto che l'incubo che li aveva tormentati si era fermato. "Non sento più... niente," mormorò con un filo di voce, la testa reclinata sulla spalla di Bet.

L'unico suono che riuscivano a percepire, a parte il crepitio dei corpi delle cicale sotto i loro piedi, era il ronzio del generatore diesel fuori dalla grotta, ancora in funzione, lontano ma costante, come un eco meccanico in quella distesa di morte e silenzio.

James si fermò un attimo, osservando l'immensa moria di cicale nella notte. Il tappeto di morte si estendeva fino all'orizzonte, e sembrava che non ci fosse fine. "È tutto finito?" sussurrò, quasi temendo di parlare troppo forte e rompere quell'equilibrio fragile.

Bet annuì lentamente, ancora incredula. "Sembra... sembra che lo sia."

Man mano che avanzavano verso l'uscita, ogni passo diventava più lento, come se l'inquietante sensazione di camminare su quei corpi fragili li bloccasse mentalmente e fisicamente. Ogni passo che affondava nelle cicale morte produceva un suono crac, crac, amplificando l'orrore di quella visione.

Quando finalmente raggiunsero il generatore, ormai esausti e gravati da tutto ciò che avevano visto, si fermarono. L'unico suono rimasto era quello del ronzio regolare del generatore, il loro unico segnale che il mondo esterno stava ancora funzionando, nonostante l'orrore che avevano appena lasciato dietro di loro.

James si voltò un'ultima volta verso l'ingresso della grotta e spense finalmente il generatore osservando la scena surreale di cicale morte che riempiva ogni spazio visibile. L'aria era immobile, come se il tempo stesso si fosse fermato insieme al frinire delle cicale. Quel silenzio, così improvviso e definitivo, era il segno che la battaglia era finita. Ma nessuno di loro poteva dirsi completamente sollevato. Ciò che avevano vissuto li aveva destabilizzati e non sapevano cosa avrebbero trovato oltre la barriera di cicale.

Capitolo 14: Il ritorno in città

Le prime luci dell'alba cominciavano a farsi strada nel cielo grigiastro quando James, al volante della vecchia station wagon, rallentò lungo la strada che portava a Richmond. Il silenzio surreale che li avvolgeva era oppressivo, quasi più inquietante del frinire incessante delle cicale. Non si udiva altro che il ronzio del motore, un suono che sembrava in contrasto con il mondo quasi immobile attorno a loro. Non c'era traccia di vita: nessun cinguettio d'uccelli, nessun altro rumore. Era come se l'intera città fosse stata inghiottita da un vuoto di silenzio.

Seduta accanto a James, Bet si sforzava di non pensare a ciò che avevano appena lasciato alle spalle. La follia che avevano vissuto, il frinire che sembrava voler strappare la loro sanità mentale, era finalmente tutto finito. Ma l'aria era ancora densa di paura. L'assenza di rumori animali rendeva tutto innaturale. Ogni tanto si girava verso il sedile posteriore, dove Emily, visibilmente debilitata, cercava di riprendersi dal dolore lancinante alla spalla mentre Walker, accanto a lei, la guardava con preoccupazione, pronto a intervenire se necessario.

"Non siamo soli," mormorò Walker, il primo a rompere il silenzio. Indicava un punto più avanti sulla strada principale della città.

Bet alzò lo sguardo e notò alcune figure che si muovevano lentamente lungo il marciapiede. Sopravvissuti. Uomini e donne che, sebbene segnati dall'incubo che avevano vissuto, erano riusciti a resistere. Alcuni avanzavano con passi esitanti, le mani ancora strette alle orecchie, come se il frinire delle cicale risuonasse ancora nella loro mente. Altri si guardavano intorno, spaventati, senza sapere se fidarsi del silenzio che li circondava.

James rallentò ulteriormente l'auto, Walker aprì la portiera per scendere. "Dobbiamo parlare con loro," disse, senza esitazione. "Devono sapere che è tutto finito."

"Alcuni non ce l'hanno fatta." mormorò Bet, guardando una figura che si trascinava lungo il bordo della strada. L'uomo camminava a fatica, con movimenti rigidi e scomposti, i suoi occhi erano vuoti, come quelli di una marionetta abbandonata. Era uno di quelli che non erano riusciti a tornare indietro. Le menti di molti erano state spezzate dal suono. Anche ora, senza il frinire, non erano più liberi.

"Non possiamo fare niente per loro," disse James con voce tesa. "Concentrati su chi può essere salvato."

Walker si avvicinò lentamente a un gruppo di persone che si aggiravano confusi. "È finita!" gridò, cercando di attirare la loro attenzione. "Il suono delle cicale è cessato. Radunatevi alla biblioteca, lì sarete al sicuro."

Le persone si fermarono, alcuni increduli, altri con il volto segnato dalla stanchezza. Una donna con i capelli scompigliati e lo sguardo smarrito si fece avanti, stringendo a sé un bambino. "È davvero finita?" chiese con voce tremante, i suoi occhi pieni di speranza ma anche di terrore.

Bet annuì e le si avvicinò. "Sì, è finita. Ma dobbiamo rimanere insieme. Vieni con noi alla biblioteca, mia madre ed altri sono lì ad aspettarci."

Poco a poco, la notizia iniziò a diffondersi. Altri sopravvissuti uscirono dalle case, ancora cauti, incerti se fosse davvero sicuro. L'auto riprese lentamente il cammino lungo le strade di Richmond, con Walker e Bet che scendevano a ogni isolato per parlare con chi incontravano, cercando di radunare tutti alla biblioteca. Alcuni li seguirono subito, altri rimanevano esitanti, troppo spaventati o segnati dalla follia per muoversi.

Attraversando la piazza centrale della città, Bet non poté fare a meno di notare come la vita fosse scomparsa. Nessun rumore, nessun segno della solita attività che caratterizzava quel luogo. Sembrava che la città stessa stesse trattenendo il respiro, ancora paralizzata dal terrore che l'aveva stretta nella sua morsa.

"Ci sarà tempo per piangere i morti," disse James mentre fermava l'auto di fronte alla biblioteca. "Ora dobbiamo solo pensare ai chi èsopravvissuto."

Le porte della biblioteca erano spalancate, e sulla soglia stava Margaret, la madre di Bet, che attendeva con ansia il ritorno del gruppo. Quando vide Bet scendere dall'auto, il suo volto si illuminò, e senza esitare corse verso di lei.

"Bet!" gridò Margaret, la voce spezzata dall'emozione. Le sue braccia si aprirono e la strinsero forte appena le furono vicine. "Abbiamo smesso di sentire il frinire, sapevamo che ce l'avreste fatta!"

"Mamma!" rispose Bet, sentendo finalmente il peso degli ultimi giorni sciogliersi in quell'abbraccio. Si sentiva di nuovo una bambina tra le braccia di sua madre e anche se il terrore non era ancora del tutto svanito poteva sentirne il calore e la gratitudine si fece strada nel suo cuore. "Sembrerebbe di sì." disse rilasciando un respiro profondo di tensione.

Margaret la strinse ancora di più, quasi come se temesse che la figlia potesse svanire. "Non sai quanto ho pregato per questo momento," sussurrò, la voce tremante. "Siamo salvi, ma guardati intorno."

Bet si staccò leggermente, guardando negli occhi la madre. C'era preoccupazione in quel volto segnato dagli anni e dalla tensione. "Cosa vuoi dire?" chiese, sentendo il nodo allo stomaco stringersi di nuovo.

"La città è cambiata," rispose Margaret, con un filo di voce. "Qualcosa si è spezzato, Bet. Il suono è cessato, ma le persone... alcune di loro non torneranno mai più come prima."

Bet abbassò lo sguardo, sentendo il peso delle parole della madre. "Lo so. L'ho visto." Si voltò verso il gruppo di sopravvissuti che cominciava a radunarsi all'interno della biblioteca, mentre altri continuavano ad arrivare. "Ma dobbiamo fare il possibile per aiutare chi può ancora essere salvato. Emily è ferita, dobbiamo aiutarla!"

Margaret annuì lentamente mentre accompagnava Bet all'interno della biblioteca, seguite da James, Walker e Emily. Bet si voltò un'ultima volta verso la città. Le strade erano deserte, il silenzio irreale ancora opprimente e le ombre delle persone che non ce l'avevano fatta vagavano come anime perdute. Anche se il suono era cessato, Richmond non sarebbe mai più stata la stessa.

All'interno della biblioteca, il silenzio era rotto solo dal fruscio dei passi lenti dei sopravvissuti che, uno dopo l'altro, si radunavano nella grande sala di lettura. Alcuni si appoggiavano ai muri, altri trovavano rifugio nelle vecchie sedie imbottite, stanchi, storditi, ma vivi. Il sole, che ormai stava salendo alto nel cielo, filtrava attraverso le grandi finestre, illuminando le pareti ricoperte di libri come se quel luogo fosse un santuario sacro, una bolla di pace in mezzo al caos che aveva travolto Richmond.

Margaret si diresse verso la cassetta delle emergenze e tornò nella stanza cercando di tamponare la ferita di Emily, che si contorceva dal dolore alla spalla. Bet cercava degli antidolorifici. "Prendi questo," le disse mentre le porgeva dell'acqua con il medicinale, "Vedrai che presto starai meglio, la ferita non è profonda". Emily annuì con un'espressione di profonda gratitudine.

James e Walker si erano fatti avanti al centro della stanza. Il gruppo di sopravvissuti, con i volti segnati dall'angoscia, li fissava in attesa. Volevano sapere. Volevano capire.

James si schiarì la gola, visibilmente teso. "So che siete tutti confusi, spaventati," iniziò, la voce un po' rauca. "Ma siamo qui, e questo è ciò che conta." Fece una pausa, cercando le parole giuste. "Richmond ha attraversato qualcosa che nessuno di noi poteva prevedere... Il suono delle cicale che ci ha tormentato non era naturale."

Gli occhi dei sopravvissuti si allargarono, il silenzio nella stanza diventò più denso. James continuò, il suo sguardo scuro posandosi su ogni volto che incontrava. "Non so da dove sia venuto, o perché sia accaduto proprio qui, ma quel suono... era in grado di spezzare le nostre menti. L'abbiamo visto con i nostri occhi. Alcuni di voi hanno perso persone care, altri hanno visto amici o vicini soccombere a una follia che non potevamo fermare."

Un brusio inquieto percorse la folla. Margaret osservava con attenzione, mentre stringeva la mano di Bet. Si capiva che ognuno stava rivivendo quei momenti, quegli attimi di terrore puro.

Walker fece un passo avanti. "Ma abbiamo trovato un modo per fermarlo," disse con voce ferma, cercando di mantenere la calma. "Siamo riusciti a chiudere la fonte del suono. È stato come spezzare un legame invisibile che stava strangolando la città. Il suono, grazie a Dio, è cessato. Non sappiamo bene ancora quali saranno le conseguenze di questa azione ma per ora siamo al sicuro da ciò che abbiamo potuto vedere, tutte le cicale sono morte."

Il sollievo era tangibile. Alcuni dei sopravvissuti cominciarono a respirare più a fondo, come se solo in quel momento si rendessero conto di poter finalmente lasciar andare il terrore che avevano trattenuto per giorni.

"Non sappiamo se ci sarà un ritorno di questo incubo," continuò Walker, guardando ogni volto con serietà. "Ma per ora abbiamo spezzato la catena e possiamo ritrovare un po' di pace."

Un silenzio pesante seguì quelle parole, come se nessuno osasse ancora crederci fino in fondo. Margaret si alzò con una forza che non aveva da tempo, i suoi occhi erano colmi di lacrime di speranza. "Qui, nella biblioteca, sarete al sicuro," disse, con la voce ferma ma gentile. "Prendetevi il tempo per riposare, per ritrovare la forza. Poi, quando vi sentirete pronti, potrete tornare nelle vostre case. Richmond è ancora qui, e lo siamo anche noi." disse rivolgendo uno sguardo a sua figlia.

Bet si guardò intorno, osservando le persone che si stringevano tra loro, trovando conforto nei volti familiari e nei piccoli gesti di rassicurazione. Alcuni si abbracciavano, altri si stringevano le mani, mentre un calore sottile cominciava a riempire l'aria fredda e silenziosa della biblioteca. Non era la fine del dolore, ma era un inizio. Un segno che, nonostante tutto, c'era ancora speranza.

Piano piano, le persone iniziarono a rilassarsi. Qualcuno si appoggiava a una libreria, chiudeva gli occhi e si lasciava andare a un sonno profondo. Altri rimanevano seduti in silenzio, osservando il sole che entrava dalle finestre, come se il solo fatto di essere vivi fosse già un miracolo.

Bet, accanto a sua madre, osservava la scena con un misto di sollievo e tristezza. Sapeva che

Richmond non sarebbe più stata la stessa, che molte vite erano state spezzate. Ma quel momento, in quella biblioteca che ora sembrava così accogliente, era un piccolo passo verso la guarigione.

James si avvicinò a Bet, la guardò con uno sguardo che lasciava trapelare stanchezza "Ce l'abbiamo fatta, Bet," sussurrò, stringendola forte a sé. "Ce l'abbiamo fatta."

Bet lo guardò con un sorriso stanco, ma pieno di affetto e riconoscenza. "Sì. Ce l'abbiamo fatta."

Il sole si spostava lentamente e il suo calore avvolgeva tutti quelli che erano lì dentro, come un manto che li proteggeva dalla devastazione. Lentamente, senza fretta, le persone cominciarono a risvegliarsi dal torpore, pronte a tornare verso le loro case. Era un ritorno cauto, ma il suono delle cicale era ormai un ricordo lontano e con esso l'orrore che aveva avvolto la città.

Mentre le ultime persone uscivano dalla biblioteca, Bet rimase in piedi accanto a James, Walker e Margaret. Osservò il piccolo gruppo che si disperdeva piano piano, alcuni tenendosi per mano, altri camminando soli. Sapevano che la strada verso la normalità sarebbe stata lunga, ma ora avevano un punto di partenza.

"E ora?" chiese James, guardando Bet con un sorriso stanco.

Bet si voltò verso la madre, poi verso Walker, e infine al sole che iniziava a illuminare Richmond. "Ora viviamo, ogni giorno è un dono. L'ho compreso mentre eravamo nella grotta. Mi sono crogiolato e rintanato per molto tempo dopo la morte di mia moglie, ma il filo tra la vita e la morte è talmente sottile che non ci resta che vivere al meglio possibile." disse, con una nuova determinazione negli occhi. "Proteggendo e amando tutto ciò che possiamo." disse rivolgendo uno sguardo carico di dolcezza verso Emily.

Capitolo 15: Tra le Ombre del Desiderio

Bet si assicurò che tutti i superstiti presenti nella biblioteca stessero bene. L'atmosfera, pur essendo ancora carica di tensione e stanchezza, sembrava alleggerirsi ora che il pericolo era passato. I volti, segnati dal terrore e dalla fatica, cominciavano lentamente a riprendersi. Alcuni parlavano sottovoce, altri cercavano di confortarsi a vicenda. Ogni tanto, un sussurro di speranza si mescolava con il fruscio dei libri e il lieve rumore dei passi sui pavimenti in legno.

Si avvicinò a sua madre, che era rimasta calma e composta nonostante il caos delle ultime ore. Margaret, con uno sguardo affettuoso ma determinato, la osservava mentre si faceva strada tra le persone. Bet la trovò intenta a parlare con Emily e altre due donne, che avevano cercato di recuperare qualcosa da mangiare per chi era rimasto lì.

"Come ti senti, mamma?" chiese Bet, posando una mano leggera sul braccio della madre.

Margaret le sorrise, stanca ma risoluta. "Sto bene, tesoro. Ora che tutto sembra essersi calmato, c'è molto da fare qui per aiutare gli altri."

Bet annuì, non troppo sorpresa dalla risposta. Sua madre aveva sempre avuto quella forza silenziosa, quel desiderio di prendersi cura degli altri prima di se stessa.

James da lontano stava preparando le sue cose quando diede uno sguardo a Bet, che ricambiò con desiderio di andare con lui. "Rimani qui? Io vado con James a controllare la situazione in città." disse alla madre.

"Sì, Bet. Resto per dare una mano. La biblioteca è diventata un rifugio sicuro per molti e c'è bisogno di organizzare tutto al meglio. Tu vai pure."

Bet la abbracciò forte, lasciandosi cullare per un attimo da quella sicurezza materna che nonostante tutto, non l'aveva mai abbandonata. "Stai attenta, mamma."

"Sempre," rispose Margaret con un lieve sorriso. "Vai ora. James ti aspetta."

Bet si voltò e trovò James vicino alla porta, lo sguardo attento su di lei. Il desiderio di stargli accanto era forte e, dopo un ultimo saluto a sua madre, si diresse verso di lui pronta a uscire e a lasciarsi finalmente alle spalle l'orrore che avevano vissuto.

Le strade di Richmond erano silenziose. L'eco del frinire delle cicale che aveva tormentato le loro menti sembrava essersi spento, lasciando dietro di sé un vuoto quasi surreale. Bet camminava accanto a James, ancora incredula che tutto fosse finito, o almeno così sembrava. L'aria era densa di un misto di sollievo e malinconia, mentre i loro passi risuonavano sul marciapiede deserto.

Bet si fermò un attimo, respirando profondamente. Il silenzio della città, che prima le sembrava opprimente, adesso aveva assunto una qualità quasi pacifica. Guardò James accanto a lei, la camicia sporca e le occhiaie profonde, segni evidenti di ciò che avevano vissuto. Eppure, in quell'istante, non poteva fare a meno di notare quanto lui le sembrasse diverso, più umano, più vulnerabile.

"Come stai?" chiese Bet, spezzando il silenzio che li avvolgeva da quando avevano lasciato la biblioteca.

James la guardò, con occhi profondi e pieni di emozione. "Sto... cercando di capire," rispose con un mezzo sorriso. "Sono ancora frastornato, ma credo che sia finalmente finita."

"Lo spero anch'io," mormorò Bet, mentre i suoi pensieri vagavano tra il sollievo di essere sopravvissuta e il peso delle persone che avevano perso lungo il cammino. "Non riesco a credere che siamo davvero riusciti a fermarlo. Sembra un sogno."

James annuì, camminando più vicino a lei. Poteva sentire il calore del suo corpo avvicinarsi e la vicinanza gli dava una sorta di conforto che non avrebbe mai immaginato di trovare in una situazione del genere. "Non sei sola a sentirti così," disse lui, la sua voce un sussurro tra loro. "Ogni volta che chiudo gli occhi, vedo ancora quelle cicale. Quel suono... e tutto quello che è successo. Non riesco a toglierlo dalla testa."

Bet lo guardò. "Lo so, anch'io," ammise, sentendo una strana connessione tra loro in quel momento. Era come se tutte le emozioni, la paura e l'angoscia, avessero finalmente trovato una valvola di sfogo. Avevano passato così tanto tempo a combattere, a cercare di sopravvivere, che ora, con quella pace improvvisa, non sapevano cosa fare.

Camminarono ancora per qualche minuto, finché James non si fermò improvvisamente, indicandole una strada laterale. "La mia casa è di là," disse, la voce più calma. "Vorrei andare a controllare che sia tutto a posto. Se vuoi, puoi venire con me."

Bet lo fissò, il cuore che le batteva forte nel petto. Non c'era solo l'eco della paura e del dolore, ma qualcos'altro, una sensazione più profonda che si era insinuata tra loro. Era rimasta lì per tutto il tempo, nascosta sotto la superficie delle loro interazioni, ma ora era impossibile ignorarla. Bet sentiva il desiderio di stare con lui, di non lasciarlo andare. Non più.

Un sorriso tremolante cercava di nascondere l'emozione che la invadeva, i suoi non si staccavano da lui. "Ovvio che vengo con te."

Ripresero a camminare fianco a fianco e ogni passo sembrava avvicinarli di più, non solo fisicamente, ma anche emotivamente. Bet sentiva crescere l'eccitazione dentro di sé, un desiderio che andava oltre il semplice bisogno di compagnia. Voleva sentire James vicino, voleva condividere con lui tutto quello che avevano passato, senza più barriere. La sua mente si riempì di ricordi: le notti insonni, le battaglie silenziose contro il suono che minacciava di annientarli. Tutto ciò aveva fatto crescere qualcosa di diverso, qualcosa che ora stava emergendo con una forza irresistibile.

Arrivarono davanti alla casa di James, una piccola abitazione nascosta tra gli alberi che Bet già conosceva. La luce del portico era fioca, ma abbastanza per far brillare gli occhi di James quando si voltò verso di lei. "Non ho avuto il tempo di riordinare" disse, con una risata nervosa, "ma ormai la conosci."

Bet scosse la testa, sorridendo. "Non ti preoccupare James, casa tua rappresenta te e mi piace molto."

Entrarono in silenzio, chiudendosi la porta alle spalle come se volessero tenere fuori tutto il resto del mondo. L'interno della casa era semplice, ma accogliente. Bet si sentì immediatamente a suo agio, come se quel luogo fosse sempre stato un rifugio per lei.

James si avvicinò alla cucina, accendendo una piccola lampada che gettò una luce calda nella stanza. "Vuoi qualcosa da bere?" chiese, ma la sua voce tradiva una leggera tensione, come se sapesse già che quella non era la vera domanda.

Bet scosse la testa, i suoi occhi che non lasciavano quelli di James. "No," rispose piano. "Non ho sete."

Per un attimo ci fu solo silenzio tra loro. Poi, quasi senza pensarci, Bet si avvicinò a lui, sentendo l'aria carica di qualcosa di molto più potente di loro. I loro corpi erano a pochi centimetri di distanza, e Bet poteva sentire il calore del respiro di James sul suo viso. Il suo cuore batteva forte, non più per la paura, ma per l'intensità del momento.

"James..." mormorò, ma le parole si persero quando lui la prese delicatamente per la vita, tirandola verso di sé. Non c'era bisogno di spiegazioni, né di parole. Il loro desiderio, fino a quel momento represso, trovò finalmente spazio.

Le loro labbra si avvicinarono appoggiandosi delicatamente l'una sull'altra in un fremito carico di desiderio, che li fece dimenticare, anche solo per un momento, tutto quello che avevano vissuto. Le mani di James si muovevano con dolcezza lungo il corpo di Bet, come se volesse assaporare ogni centimetro di lei. E lei rispose con altrettanta intensità, afferrandolo come se fosse l'unica cosa che la tenesse ancorata a quella realtà.

I respiri si fecero più intensi, mescolandosi in un ritmo frenetico e dolce al tempo stesso. Quando James la sollevò leggermente e la portò verso il divano, Bet non resistette. Si lasciò cadere tra le sue braccia, sentendo il calore del suo corpo che la circondava completamente. In quel momento, tutto sembrava giusto.

Ogni movimento era una celebrazione del loro amore, della loro sopravvivenza. Lui le sbottonò delicatamente la camicetta e si tolse la maglia fradicia di sudore. Le mani di James percorrevano la schiena di Bet con una delicatezza che la faceva tremare, mentre lei si aggrappava a lui, cercando di dimenticare ogni dolore. Ogni tocco era una promessa, ogni bacio un modo per scacciare la paura. Erano soli, nel loro mondo e nulla al di fuori di loro esisteva.

Quando finalmente si lasciarono andare completamente, il loro amore esplose in una passione che era al tempo stesso dolce e disperata. I loro corpi si muovevano insieme come se fossero sempre stati fatti per completarsi. Bet sentiva ogni emozione che la travolgeva: il dolore, la gioia, l'amore, tutto mescolato in un unico flusso di sensazioni che la facevano piangere di gratitudine.

Le lacrime di Bet si fusero con i baci di James, che la stringeva ancora più forte, come se temesse di perderla. "Non andartene mai," sussurrò lui, la sua voce rotta dall'emozione "Siamo fatti per stare insieme"

Bet lo guardò negli occhi, il volto rigato di lacrime, ma con un sorriso che parlava di speranza.

"Non andrò da nessuna parte, io ti appartengo da sempre" rispose, mentre le sue labbra si appoggiavano delicatamente su quelle di James.

I loro corpi si fusero e fecero l'amore come se fosse l'ultima cosa che avrebbero fatto, come se ogni bacio, ogni tocco, fosse una preghiera per il futuro che avevano temuto di non avere mai. I loro cuori battevano all'unisono e ogni spasmo, ogni movimento era una celebrazione del loro amore, nell'impeto di un'esplosione di desiderio.

Rimasero abbracciati sul divano, il mondo sembrava essere tornato al suo posto. Il dolore, la sofferenza, tutto ciò che avevano passato, era ancora lì, ma adesso sembrava più facile da affrontare. Insieme.

Le dita di James tracciavano lentamente la linea della schiena di Bet e lei, respirando, chiuse gli occhi, assaporando quella sensazione di pace che non provava da troppo tempo.

Il silenzio che li avvolgeva era diverso da quello che avevano conosciuto negli ultimi giorni. Non era il silenzio minaccioso, denso di frinire incessante e ansia soffocante. Era un silenzio pacifico, intimo, che permetteva loro di respirare e di sentire l'un l'altro in un modo che non avrebbero mai creduto possibile.

Bet si trovava avvolta tra le braccia di James, il corpo caldo contro il suo. La pelle di lui sembrava rassicurante, come una coperta che la proteggeva da tutto quello che avevano affrontato. Si strinse a lui come per farsi proteggere, ma non poteva scacciare i ricordi, non del tutto. Le immagini di Sarah alla chiesa, della signora Anderson e di suo nipote, la devastazione di Richmond... continuavano a riaffiorare nella sua mente, come fantasmi che si rifiutavano di andarsene. Eppure, in quel momento, tra le braccia di James, Bet si sentiva protetta. Per la prima volta da tanto tempo, non doveva combattere da sola.

Lentamente, alzò lo sguardo e vide James che la fissava. Nei suoi occhi c'era qualcosa di nuovo, una luce che non aveva mai notato prima. Forse era la gratitudine di essere sopravvissuti o forse qualcosa di più profondo, un sentimento che si era radicato durante tutto quel tempo passato insieme, lottando contro qualcosa che avrebbe potuto spezzarli. Ma non lo aveva fatto. Erano lì, insieme, e questo contava più di ogni altra cosa.

"Ti ho sempre voluto dire una cosa," iniziò James, la voce bassa e carica di emozione. "Ma non trovavo mai il momento giusto."

Bet lo guardò con attenzione, il cuore che batteva più forte. "Cosa?" chiese, la sua voce un sussurro.

James prese un respiro profondo, come per trovare il coraggio. "Da quando sei tornata a Richmond, ho capito che... che c'è sempre stato qualcosa tra noi, Bet. Anche quando eravamo più giovani. Ma adesso, dopo tutto quello che abbiamo passato, non voglio più ignorarlo."

Le parole di James la colpirono profondamente. Bet si rese conto che anche lei aveva sempre sentito quel legame, quella connessione. Era stato facile ignorarlo quando la vita li aveva separati, ma ora non c'era più alcun dubbio. Erano destinati a stare insieme.

Bet appoggiò la fronte contro quella di James, sentendo il calore del suo respiro che si mescolava con il proprio. "Anch'io," disse, le parole cariche di verità. "Anch'io l'ho sempre saputo."

Per un momento rimasero così, semplicemente respirando insieme, lasciando che il mondo si fermasse intorno a loro. Il peso delle loro paure e del dolore si dissolveva lentamente, sostituito da una dolcezza infinita che li avvolgeva. Era come se avessero finalmente trovato un porto sicuro, un luogo dove potevano lasciarsi andare senza paura di essere spezzati di nuovo.

"Ti amo, Bet. Da sempre." sussurrò James, rompendo il silenzio con parole che vibravano di sincerità.

Bet sentì le lacrime riempirle gli occhi, ma questa volta non erano lacrime di dolore o paura. Erano lacrime di sollievo, di gioia. Lo baciò dolcemente, lasciando che le sue labbra raccontassero tutto ciò che non riusciva a dire. "Ti amo anch'io..." rispose, con le parole quasi soffocate dalla felicità che la pervadeva.

James la strinse ancora più forte, come se volesse assicurarsi che non sarebbe mai andata via. "Non ti lascerò mai più," disse, la sua voce decisa.

"Non farlo." rispose Bet, sapendo che quelle parole erano una promessa che avrebbe mantenuto.

Per la prima volta dopo tanto tempo, Bet si sentì davvero libera. Il loro amore, nato e rafforzato dalle ceneri della sofferenza, era un faro che avrebbe illuminato il loro futuro. Si addormentarono così, stretti l'uno all'altra, con la consapevolezza che, nonostante tutto, il peggio era passato.

E che insieme avrebbero affrontato qualunque cosa venisse dopo.

Capitolo 16: L'Ombra del Suono

Il tempo sembrava aver finalmente concesso una tregua a Richmond. La quiete che avvolgeva la città era il riflesso di una tranquillità riconquistata a fatica, come un respiro profondo dopo essere stati sull'orlo dell'abisso. Bet e James avevano attraversato l'oscurità insieme e ora, con il futuro davanti a loro, tutto sembrava più luminoso.

Erano passati 7 mesi da quell'incubo e il pancione di Bet cresceva a dismisura. Aspettava un bambino da James, un segno tangibile di vita, di speranza e di rinascita. Ogni giorno, mentre accarezzava il suo ventre che lentamente si arrotondava, sentiva il futuro pulsare dentro di sé.

La madre di Bet, Margaret aveva iniziato delle cure per la sua malattia e aveva iniziato a migliorare leggermente. Emily e Walker si trovavano regolarmente in biblioteca per le loro ricerche e per passare del tempo insieme dopo gli eventi drammatici e le persone che erano sopravvissute erano tornate alle loro regolari attività, ma nonostante il silenzio ritrovato, una calma innaturale aleggiava su Richmond. Le persone erano segnate da quell'incubo.

Quel pomeriggio il sole splendeva alto nel cielo, ma sembrava pallido, quasi distante. L'aria era immobile, come se persino il vento si fosse fermato, trattenendo il respiro. Tutto era troppo quieto. Le risate, le voci degli abitanti della città che un tempo riempivano le strade, sembravano un ricordo lontano, quasi irreale.

Nelle ultime settimane Bet aveva notato qualcosa di strano. James era cambiato. La sua inquietudine era diventata palpabile, un'ombra che si posava su di lui in silenzio. Passava ore nel suo studio con la porta chiusa e Bet sapeva che stava ancora lavorando su quel maledetto disco. Le diceva che voleva solo essere sicuro, che tutto fosse davvero finito, che non ci fossero più tracce di quel suono, che il loro bambino doveva crescere felice e al sicuro. Ma Bet, dentro di sé, sentiva che c'era dell'altro. Ogni volta che lo vedeva alzarsi dal letto nel cuore della notte, con lo sguardo assente e i

movimenti rigidi, capiva che qualcosa non andava.

Mentre cenavano, quella sera, Bet capì che c'era qualcosa di diverso nello sguardo di James. "Va tutto bene?" chiese.

Ma James si limitò ad annuire, diede un bacio al pancione e si ritirò a dormire. "Sono solo molto stanco, vado a letto" disse alzandosi dal tavolo con aria strana.

Dopo aver sistemato in cucina, Bet lo raggiunse nel letto e si addormentò con una strana sensazione. Dopo qualche ora svegliò di soprassalto, un brivido lungo la schiena la fece sobbalzare d'improvviso. Girò la testa verso il lato del letto dove James avrebbe dovuto essere, ma il posto era vuoto, le coperte abbandonate e fredde. La stanza era silenziosa, ma non in modo rassicurante. Quel silenzio le pesava addosso, come un presagio che non riusciva a ignorare.

Bet si mise a sedere sul letto, ma il suo corpo sembrava più pesante del solito, il ventre gonfio le ricordava quanto il suo corpo fosse cambiato. Ogni movimento era accompagnato da un lieve fastidio, un peso che la faceva sentire goffa e lenta. Si alzò lentamente, cercando di non fare troppo rumore, ma il cuore iniziava a batterle più forte nel petto. "James?" chiamò, ma non ci fu risposta.

Attraversò il corridoio, passando per la cucina e il soggiorno, ma James non era lì. L'oscurità della casa la faceva sentire ancora più isolata. Il suo respiro si fece più corto, il fiato le si spezzava in gola mentre avanzava, il ventre gonfio che le creava una sensazione di instabilità. Si aggrappò al muro per mantenere l'equilibrio. Ogni passo le sembrava faticoso, come se qualcosa volesse trattenerla, impedirle di arrivare allo studio di James.

La porta dello studio era socchiusa e dalla fessura filtrava una debole luce. Bet si avvicinò, con il fiato corto e le mani che le tremavano. Sentiva un vuoto crescente dentro di sé, come se già sapesse cosa avrebbe trovato dall'altra parte della porta. Dormire serenamente per lui era ormai diventato impossibile. Qualcosa di oscuro lo attanagliava. Appoggiò la sua mano sulla maniglia della porta e spingendola appena, entrò.

James era seduto alla sua scrivania, con le cuffie indossate. Aveva lo sguardo fisso nel vuoto, le mani inerti accanto al corpo. C'era qualcosa di sbagliato nel suo volto, un'assenza che fece gelare il sangue nelle vene di Bet. Le sue spalle erano rigide, i muscoli tesi come corde pronte a spezzarsi.

"James..." sussurrò Bet, avvicinandosi lentamente.

Non ci fu alcuna reazione. Il suo respiro era regolare, ma c'era una quiete innaturale nel suo corpo, come se fosse intrappolato in uno stato di sospensione tra la vita e la morte.

"James!" gridò più forte, scuotendolo per le spalle. Ancora nulla. Bet sentì il cuore accelerare, un terrore che la paralizzava iniziava a invadere la sua mente.

Con il cuore in gola, allungò una mano tremante e gli tolse le cuffie dalla testa. Le orecchie di James perdevano sangue macchiando il collo del pigiama e Bet fu colpita da un suono sottile ma agghiacciante: il frinire delle cicale. Quel suono maledetto era ancora lì, vivo nelle cuffie, una presenza invisibile che non li aveva mai lasciati. Bet trattenne il fiato. Era come se il suono fosse tornato, come un fantasma che si insinuava tra loro, tra lei e James, rubandogli l'anima.

James non si muoveva. Il suo volto era vuoto, completamente privo di emozione. La sua mente… non c'era più.

"James, cosa hai fatto?" urlò Bet, stringendo le cuffie con furia, buttandole a terra come se fossero la fonte di tutto quel male. Il suono si interruppe bruscamente, ma l'eco del frinire sembrava ancora risuonare nelle pareti della stanza. Le sue mani tremavano mentre guardava il corpo di James, il suo uomo, il suo amore, completamente assente. "James, rispondi! Rispondimi!" urlò disperata cercando di scuoterlo dalle spalle ma il suo sguardo era nel vuoto, nessuna reazione. Non c'era più nulla da fare.

Le lacrime iniziarono a riempirle gli occhi, annebbiate dalla disperazione mentre crollava davanti a lui, prendendogli il volto tra le mani. "James! Per favore, rispondi!" La sua voce si spezzò, un urlo soffocato dal dolore, dal senso di vuoto che la stava divorando dall'interno. Il corpo di James era lì, ma la sua anima, la sua mente... erano state risucchiate in un'oscurità da cui non sarebbe mai tornato. Bet lo sapeva, e quel pensiero le lacerava il cuore.

Stringendo il volto di James al suo petto, Bet sussurrava preghiere disperate, come se le sue parole potessero riportarlo indietro, come se potesse ancora salvarlo. "Non puoi lasciarmi. Non così. Non adesso..." Ma James non rispondeva, i suoi occhi erano persi in un vuoto che Bet non riusciva a sopportare.

La stanza sembrava avvolta in un silenzio pesante, ma nella testa di Bet, il frinire delle cicale continuava a rimbombare, come un'eco di disperazione che non poteva spegnere. Era sola, completamente sola.

Con un urlo di disperazione, Bet lasciò andare la testa di James e crollò sul pavimento. Non poteva credere a ciò che aveva appena visto, quell'incubo, quel suono, quel vinile, le cicale, sembravano perseguitare tutta la sua vita fino a quel momento

strappandole via prima suo padre e ora anche
James.

Cercò di rialzarsi a stento trascinandosi fino alla
porta dello studio. Le gambe le tremavano sotto il
peso del suo corpo e del bambino che portava in
grembo. Ogni movimento era goffo, pesante e il
dolore nel suo cuore rendeva tutto ancora più
difficile. Doveva uscire, doveva respirare, ma
quando spalancò la porta d'ingresso che dava sul
vialetto, si trovò davanti a una scena ancora più
terribile.

Richmond, che aveva creduto salva, era tornata a
essere un incubo.

Le persone che mesi prima erano sopravvissute
all'orrore, ora vagavano per le strade come ombre.
I loro movimenti erano lenti, meccanici. I volti
erano deformati da espressioni vuote, assenti,
come quelli di James. Alcuni avevano il sangue
che scendeva dalle orecchie, altri fissavano il
vuoto con occhi vitrei, spenti. Era come se la città
fosse stata nuovamente risucchiata in un incubo,
ma questa volta non c'era nessuno per salvarli.

Bet indietreggiò, paralizzata dal terrore. Il frinire delle cicale si mescolava con i lamenti sommessi delle persone che vagavano senza meta, come anime perdute in una terra che non riconoscevano più. Le figure che vedeva fuori dalla casa sembravano appartenere a un mondo diverso, una realtà distorta dove il suono aveva preso il controllo delle loro menti.

Riconobbe alcune di quelle persone. C'era la signora Dawson, la vecchia vicina che le sorrideva sempre con gentilezza quando si incontravano in strada. Ora camminava barcollando, con il volto contorto in un'espressione di terrore muto. Il signor Cartwright, il meccanico che aveva riparato la loro auto più volte, era accasciato su un marciapiede, le mani insanguinate che coprivano le orecchie come se stesse cercando disperatamente di bloccare quel suono infernale.

Il cuore le martellava nel petto, le sue mani sudate tremavano. La vista la travolse e con un grido di orrore chiuse di scatto la porta, barricandosi dentro la casa. Il respiro le si mozzò nel petto, il cuore batteva così forte che pensava di esplodere.

Sentiva il panico montare dentro di lei, crescendo come un'onda che la soffocava. Era sola. Completamente sola.

Sentì forti dolori al ventre, come se qualcosa stesse stridendo. "Il mio bambino…" disse stringendosi il pancione tra le mani. "Devo stare calma, devo sedermi." si disse. Si rifugiò in salotto, il suo corpo tremava mentre si rannicchiava sul divano. Non c'era via d'uscita. Non sapeva cosa fare. Le mani sul vetre sembravano voler proteggere la vita che portava dentro di sé, ma anche quella sembrava in pericolo. Chi avrebbe protetto il loro bambino ora che James non c'era più e che tutto stava andando in pezzi?

Il pensiero del figlio che portava in grembo le fece provare un'angoscia ancora più profonda. L'unico legame con James, con l'uomo che aveva amato, era quella vita che pulsava dentro di lei. Ma come poteva proteggerlo, ora che il mondo intorno a loro stava crollando? Prese il telefono per tentare di chiamare sua madre ma suonava a vuoto. Nessuna risposta.

Con le lacrime che le solcavano il volto, accese il televisore, cercando disperatamente una spiegazione, un segno che tutto sarebbe andato bene. Ma ciò che vide le tolse il fiato.

Su ogni canale, da ogni angolo del mondo, arrivavano notizie dello stesso orrore che stava vivendo. Un suono, descritto come una frequenza ipnotica, stava facendo impazzire le persone. I telegiornali mostravano immagini di città devastate, persone che vagavano senza coscienza, identiche a quelle che aveva visto fuori dalla porta. Ogni emittente ripeteva lo stesso avviso: "Barricatevi in casa. Proteggetevi le orecchie. Non ascoltate il suono."

Bet fissò lo schermo, gli occhi erano come rivoli pieni di lacrime, il mondo sembrava crollarle addosso. Quel suono non era stato fermato, non del tutto. E adesso aveva reclamato tutto: la sua città, l'uomo che amava, e forse anche il loro futuro.

Si lasciò cadere all'indietro sul divano, il respiro affannoso. Ogni fibra del suo corpo sembrava cedere sotto il peso del terrore e della disperazione. Le mani, un tempo forti, si posarono debolmente

sul suo ventre, come a cercare una rassicurazione che ormai sapeva essere vana. Il bambino si muoveva ancora, un piccolo spasmo di vita, l'unico segno che qualcosa di puro esisteva ancora in quel mondo devastato.

Ma il frinire delle cicale non accennava a diminuire. Iniziava a sembrarle sempre più forte, come se ogni vibrazione del suono si insinuasse sotto la sua pelle, penetrando nelle sue ossa. La casa, una volta un rifugio sicuro, ora sembrava vibrare all'unisono con quel suono maledetto. Le pareti, i pavimenti, ogni oggetto intorno a lei sembrava parte di una grande sinfonia di follia, orchestrata da una forza invisibile.

Il suono le ronzava incessantemente nelle orecchie, e ogni tentativo di scacciarlo sembrava inutile. Bet chiuse gli occhi, sperando che il buio potesse offrirle un po' di pace, ma tutto quello che trovò fu un vuoto opprimente, uno spazio in cui quel frinire non faceva che amplificarsi.

Il dolore che provava per la perdita di James si mescolava ora a qualcosa di più profondo, più viscerale. Era come se dentro di lei qualcosa stesse cambiando, come se la sua stessa volontà stesse lentamente svanendo, prosciugata dal suono che la circondava. Le lacrime le rigavano ancora il volto, ma le sue mani si mossero automaticamente per asciugarle, come se il suo corpo agisse senza che lei ne avesse il controllo.

Il suono... Era tutto ciò che restava.

Il suo sguardo che prima vagava inquieto ora si fece sempre più fisso. Gli occhi, che fino a pochi minuti prima brillavano di terrore e disperazione, iniziarono a perdere colore. Il blu intenso delle sue iridi si spense, come una luce che si affievolisce lentamente. Sentiva le palpebre pesanti, ma non chiudeva gli occhi. Non riusciva più a muoversi. La stanchezza che provava era profonda, non solo fisica, ma mentale, un'esaurimento totale di tutte le sue forze.

Le mani, che prima stringevano nervosamente il ventre, ora erano immobili. Il frinire delle cicale era diventato l'unica cosa che riusciva a sentire, il resto del mondo scomparso. Le notizie al telegiornale continuavano a trasmettere immagini di distruzione, di persone in preda alla follia, ma

Bet non le vedeva più. Il suo sguardo era fisso sullo schermo, ma non stava davvero guardando. Il suono era ovunque, dentro di lei, nella sua testa, nel suo cuore. Ogni pensiero si stava dissolvendo, inghiottito da quel rumore incessante.

Le sue labbra, un tempo piene di parole disperate, si rilassarono in una linea sottile. Anche il dolore per James, per il futuro che non ci sarebbe più stato, iniziava a svanire, come se venisse lentamente risucchiato dal vuoto che il suono stava creando dentro di lei.

Bet si ritrovò improvvisamente immobile, incapace di lottare. Sentiva il bambino muoversi ancora, ma quel movimento, che prima le dava speranza, ora era solo un'eco lontana, qualcosa che non poteva più toccare. Il suo respiro si fece più lento, più superficiale. Il battito del suo cuore sembrava allinearsi al ritmo ipnotico del suono delle cicale.

E poi accadde.

I suoi occhi si spensero del tutto, diventando due pozzi scuri e vuoti. Le pupille dilatate, immobili, come quelle delle persone che aveva visto fuori dalla casa di James. Il suo viso, una volta pieno di emozione, si trasformò in una maschera inespressiva. Le lacrime cessarono di scorrere e il suo corpo, che fino a poco prima tremava per l'angoscia, si rilassò completamente.

Il suono aveva vinto.

Bet rimase lì, seduta sul divano, immobile, con lo sguardo fisso nel vuoto. Il frinire delle cicale riempiva la casa, rimbalzando sulle pareti, avvolgendo ogni cosa, ogni pensiero. Non c'era più paura, né dolore, né speranza. Solo il suono.

Il volto di Bet non cambiava più. Gli occhi, un tempo così vivi, ora erano persi, spenti. E mentre il suono continuava a rieccheggiare, Bet si era ormai arresa. Richmond era caduta. Anche Bet era caduta.

E il suono delle cicale, costante e inarrestabile, continuava a rimbombare, come l'ultimo requiem per un mondo che non sarebbe mai più tornato quello di prima.

Richmond, il loro mondo, non sarebbe mai più stato lo stesso.

Capitolo 17: La Rivelazione

Bet non sentiva più nulla. Il frinire delle cicale, che fino a pochi istanti prima aveva invaso la sua mente, sembrava dissolversi in un silenzio opprimente, un vuoto che la risucchiava lentamente. Era come se stesse scivolando in un abisso oscuro e infinito, un luogo dove non c'era più spazio per i suoni, per la luce o per il tempo. Ogni respiro si faceva più distante, sfumato, come un ricordo che si allontanava mentre il buio la avvolgeva completamente.

Proprio quando tutto sembrava perduto, la porta della casa si spalancò con un rumore improvviso, uno schianto che infranse quel silenzio letale. Un fascio di luce tagliò la penombra, strappando Bet dal torpore in cui stava sprofondando. Nel varco si stagliarono due figure, indistinte all'inizio ma che lentamente presero forma. Erano il professor Walker ed Emily. Entrambi indossavano cuffie di protezione, e nonostante il suo stato di semi-incoscienza, Bet riuscì a riconoscerli.

La sua mente annebbiata cercava di aggrapparsi a qualcosa, un frammento di coscienza che le permettesse di rimanere ancorata alla realtà. Ma tutto sembrava così lontano, così inafferrabile.

Walker non perse un secondo. Senza dire una parola, attraversò la casa con passo deciso, ignorando il dolore che sentiva al cuore. Si diresse verso lo studio, sapendo già cosa avrebbe trovato. Le sue mani tremavano leggermente mentre attraversava la porta con il cuore gonfio di apprensione e paura. E lì, come temeva, trovò James. Era seduto alla scrivania, immobile, con lo sguardo fisso nel vuoto. Il suo volto era privo di espressione e dalle sue orecchie colava del sangue, un segno inequivocabile che il suono maledetto aveva reclamato anche lui. Il vinile, il maledetto disco, era ancora sul giradischi, come una reliquia di distruzione che aveva già mietuto troppe vittime.

"James..." mormorò Walker, con la voce spezzata dal dolore. Sentì una stretta fortissima al petto, un dolore che lo paralizzava. Si avvicinò lentamente, come se la sua mente stentasse a comprendere ciò che vedeva davanti a sé. Nonostante sapesse già che non c'era più nulla da fare, lo scosse leggermente, cercando disperatamente una reazione, un segno di vita. Ma il corpo di James rimase inerte, un guscio vuoto, senza più anima. Il suono aveva distrutto la sua mente, lasciando dietro di sé solo un vuoto insopportabile.

Walker, combattendo contro le lacrime che minacciavano di sopraffarlo, si allontanò dal corpo vuoto. La perdita del suo amico lo travolse con una forza devastante. Ma non poteva permettersi di cedere. Non c'era tempo per il lutto. Bet e il bambino avevano ancora una possibilità. Doveva agire rapidamente, doveva proteggerli.

Con un gesto deciso si asciugò gli occhi, tentando di reprimere il dolore. Lo sguardo gli cadde sul giradischi, dove il vinile continuava a girare lentamente, in silenzio. Il disco era la causa di tutto, e Walker sapeva che non poteva lasciarlo lì. Lo afferrò con una rabbia improvvisa, lo infilò nella borsa che aveva con sé e uscì dalla stanza senza voltarsi indietro. Lasciare James in quello stato gli straziava il cuore, ma doveva pensare a Bet. Non aveva altra scelta.

Quando tornò nella stanza principale, trovò Emily ancora inginocchiata accanto a Bet. Il volto di Emily era pallido, segnato dall'ansia e dalla preoccupazione. Le cuffie protettive erano già state sistemate sulle orecchie di Bet, ma qualcosa la preoccupava visibilmente. Il suo sguardo era fisso sul ventre arrotondato di Bet e una profonda inquietudine trapelava dai suoi occhi.

"Non possiamo lasciarla così," sussurrò Emily, la voce rotta dall'angoscia. "Il bambino... il suono potrebbe raggiungerlo lo stesso."

Walker la guardò, la realizzazione lo colpì con la forza di un pugno. Il bambino, indifeso nel grembo della madre, poteva essere esposto a quel suono maledetto, nonostante le cuffie che proteggevano Bet. Il frinire delle cicale era un nemico invisibile, capace di penetrare ovunque, di insinuarsi nelle menti e nelle ossa, di distruggere ogni cosa.

"Che cosa possiamo fare?" chiese Walker, la frustrazione e il panico iniziavano a farsi strada

nella sua voce. Non avevano molto tempo.

Emily restò in silenzio per qualche secondo, il cervello che lavorava freneticamente per trovare una soluzione, poi un'idea prese forma. Senza dire una parola, si alzò e corse verso la camera da letto. Tornò poco dopo con una pila di coperte pesanti tra le braccia. "Se le cuffie non bastano a proteggere il bambino, dobbiamo cercare di isolare il suono in qualche altro modo. Dobbiamo avvolgerle il ventre con queste coperte. Non è una soluzione perfetta, ma forse potrebbe attutire il suono abbastanza da non danneggiare il piccolo."

Walker annuì, realizzando che non avevano alternative migliori. Prese una delle coperte e, insieme a Emily, cominciò a sistemarla attorno al ventre di Bet. Ogni strato di stoffa sembrava un tentativo disperato di creare una barriera contro l'invisibile minaccia che li circondava. Le mani di Walker tremavano leggermente mentre lavorava in fretta, consapevole che il tempo stringeva. Quel suono maledetto poteva penetrarli da un momento all'altro.

Il frinire delle cicale continuava a crescere in intensità, riempiendo l'aria con una vibrazione che sembrava risuonare nelle ossa. Le finestre tremavano leggermente, come se il suono volesse farsi strada attraverso la casa per raggiungere le loro menti. Walker sentiva il cuore martellare nel petto, il respiro corto e affannoso non lasciava spazio a pensieri. Dovevano fare in fretta.

"Walker..." mormorò Emily, con il volto teso. "Non possiamo lasciarla qui. Dobbiamo portarla via subito."

"Sì," rispose lui, con la voce cupa. "Portiamola nel nostro furgone. La biblioteca è l'unico posto sicuro rimasto."

Insieme, riuscirono a sollevare Bet. Il suo corpo sembrava più pesante del solito, il bambino che portava in grembo e le coperte che la avvolgevano aggiungevano un peso tangibile. Ma la fatica non contava. Ogni passo che facevano era carico di tensione, ogni movimento sembrava rallentato dal terrore crescente che il frinire potesse sopraffarli da un momento all'altro.

Una volta fuori, con rapidi gesti caricarono Bet nel retro del furgone. Emily la sistemò con cura, assicurandosi che le coperte rimanessero saldamente avvolte intorno al ventre e che le cuffie fossero ben salde alle orecchie. Non potevano permettersi errori. Non c'era spazio per il fallimento.

Walker salì al posto di guida, con il cuore che batteva così forte da sentirlo rimbombare nelle orecchie. Il motore si accese e il furgone si mosse, lasciandosi alle spalle la casa di James e il suo destino oscuro.

Mentre attraversavano le strade deserte di Richmond, il frinire delle cicale sembrava inseguirli, un'onda invisibile che li avvolgeva, penetrando in ogni anfratto dell'aria. Era come se il suono fosse cosciente del loro tentativo di fuga e li stesse inseguendo con tutta la sua furia. Le vie della città erano ormai spettrali, le case abbandonate, i pochi esseri umani che restavano vagavano come ombre senza mente, i volti deformati dalla follia. Le orecchie insanguinate di quelle persone sembravano l'ultimo segno di ciò che erano state prima che il suono le consumasse.

Emily fissava Walker con occhi pieni di paura, incapace di contenere le lacrime che continuavano a scendere sul suo volto pallido. Poche ora prima tutto era normale, o quasi in quella città che aveva visto giorni di terrore e ora tutto stava cadendo a pezzi. "Walker... cosa sta succedendo? Perché ora?" chiese con voce spezzata. "Come siamo arrivati a questo punto?"

Lui serrò le labbra, lo sguardo era fisso sulla strada davanti a sé. Stringeva il volante così forte che il sudore appiccicava sotto le sue mani. Come avrebbe potuto rispondere a quella domanda? Come avrebbe potuto dire ad Emily che lui e James sapevano da tempo che la città non era al sicuro? Avrebbe perso la sua fiducia ma non aveva scelta. Non poteva più nascondere la verità. "Emily" ammise, con la voce carica di rimorso. "Quando abbiamo collegato il dispositivo al monolite...uno dei cavi collegati al monolite si è staccato improvvisamente a causa della forte vibrazione della grotta. Pensavamo di aver distrutto il suono delle cicale, ma non ci siamo accorti che la frequenza del rituale, quella che avrebbe dovuto far tacere definitivamente il suono, non ha completato il suo processo. Era tutto messo a punto, le frequenze, la registrazione e i due cavi, ma abbiamo fallito."

Emily lo fissò con incredulità, incapace di accettare ciò che stava sentendo. "Ma... pensavamo di averlo fermato..."

Walker scosse la testa. "Non completamente," rispose con un tono grave. "Credevamo di aver risolto tutto, ma non avevamo tempo per comprendere meglio. Forse è tutto ricominciato da capo non lo so e adesso il suono si sta espandendo, non solo qui, ma ovunque e in tutte le città del mondo. Io e James stavamo cercando di capire come fare ad evitare tutto questo ma..." la sua voce si spezzò ripensando alla scena appena vissuta davanti ai suoi occhi.

Il silenzio che seguì fu ancora più agghiacciante. Le strade deserte di Richmond sembravano urlare con la loro quiete irreale, mentre il frinire delle cicale ruggiva invisibile, distruggendo ogni cosa.

Finalmente arrivarono alla biblioteca, l'unica speranza che avevano. La grande struttura di pietra sembrava ergersi come un bastione contro il caos che imperversava fuori. Walker parcheggiò rapidamente e insieme a Emily, sollevò Bet dal retro del furgone, portandola all'interno. Le pesanti porte della biblioteca si chiusero dietro di loro con un tonfo che riecheggiò nel silenzio, come a sigillare la disperazione fuori, almeno per un po'.

La biblioteca era immersa in una calma innaturale, come se fosse un altro mondo rispetto a quello che si trovava all'esterno. Le mura spesse costruite con l'intento di fermare ed assorbire quel suono oscuro ancora reggevano, ma non sarebbero durate in eterno.

Non appena entrarono nella sala principale, una figura si mosse nell'ombra. Era Margaret, la madre di Bet. Emily e Walker l'avevano portata lì poco prima, quando il suono aveva cominciato nuovamente a propagarsi per la città. Margaret aveva atteso con il cuore colmo di angoscia, pregando che sua figlia fosse ancora viva. E ora, la sua preghiera era stata esaudita, ma a un prezzo devastante.

Quando vide Bet, stesa sul divano della sala principale, il respiro di Margaret si bloccò. Sua figlia, la sua unica figlia, sembrava così fragile, così distante. Era avvolta da coperte, un bozzolo che la separava dal mondo esterno, ma che non poteva difenderla dal dolore che Margaret provava. Senza dire una parola, si precipitò verso di lei, le lacrime scivolavano silenziose sul suo volto. Ogni passo era una lotta contro l'orrore che provava.

Si inginocchiò accanto a Bet con le mani tremanti mentre le accarezzavano il viso pallido. "Bet..." sussurrò, la sua voce era totalmente spezzata dalla disperazione. Sua figlia non poteva essere ridotta così, non dopo tutto ciò che avevano fatto, non dopo aver salvato la città, non dopo aver generato la vita che cresceva dentro di lei. Con un gesto delicato, Margaret posò le mani sul ventre di Bet. Sotto le coperte c'era una vita, fragile e preziosa. Il bambino doveva sopravvivere. Era l'unica speranza rimasta in un mondo che stava cadendo a pezzi.

Margaret si chinò, poggiando la testa contro quella di Bet, come se il solo contatto potesse riportarla indietro dal baratro in cui stava sprofondando. "Non ti lascerò, amore mio. Non così... Ti proteggerò. Proverò a proteggere te e il tuo bambino, costi quel che costi."

Mentre Margaret accarezzava il ventre di Bet, sentì un leggero movimento. Il bambino era ancora vivo. Era debole, ma era un segno. Un piccolo barlume di speranza in un oceano di disperazione. Margaret trattenne il respiro, aggrappandosi a quella fragile scintilla. Non era ancora finita.

Emily, che stava osservando la scena, non riusciva a trattenere le lacrime. Anche Walker, che stava vicino alla finestra a cercare di capire come poteva mettere fine a quel devasto, si sentiva sopraffatto dal dolore che provava Margaret. Non c'era nulla di più devastante che vedere una madre lottare per la vita della propria figlia.

Margaret si voltò verso Walker, con lo sguardo colmo di disperazione. "Walker... ti prego... non possiamo arrenderci. Troverai un modo, vero? Ci sarà una soluzione... per Bet, per il bambino."

Walker annuì, con sguardo determinato. Non riusciva a trovare le parole giuste. La lotta non era ancora finita, ma non riusciva ad avere la mente lucida. Sospirando con forza continuava a guardare fuori dalla finestra la città che lentamente moriva sotto i suoi occhi.

Il suono, quel maledetto frinire, continuava a serpeggiare fuori dalla biblioteca, pronto a reclamare ogni cosa, pronto a distruggere anche l'ultima speranza rimasta.

Biografia di Emmanuele Landini

Emmanuele Landini (nato nel 1975) è un sound engineer, produttore discografico e creativo italiano con oltre 5.000 brani all'attivo, realizzati sia per sé stesso che per altri artisti e aziende. Fin dall'infanzia ha sviluppato un legame profondo con il suono e la musica, specializzandosi in generi come l'ambient, la new age e l'electro/ambient, caratterizzati da sonorità particolari e ricercate.

Oltre al suo ruolo come sound engineer, Emmanuele si distingue per la sua capacità di creare ambienti sonori innovativi e ricercati, progettati per valorizzare al massimo l'artista e la sua musica. La sua sensibilità artistica e la sua esperienza gli permettono di costruire paesaggi sonori che esaltano le caratteristiche uniche di ogni progetto, contribuendo in modo significativo al successo delle produzioni a cui partecipa.

Appassionato ricercatore nel campo della musica binaurale 3D, Emmanuele ha dedicato parte della sua carriera allo studio delle frequenze e biofrequenze e di come queste interagiscono con il corpo umano. Questo interesse lo ha portato alla pubblicazione del libro "**Il suono della follia**", in cui esplora l'effetto delle vibrazioni sonore sugli stati psicofisici delle persone. Le frequenze utilizzate nel libro trovano fondamento nella realtà scientifica, riflettendo il suo impegno nella ricerca e nell'innovazione musicale.

Parallelamente alla musica, Emmanuele nutre una profonda passione per il cinema, in particolare per i generi thriller e horror. Questo interesse rappresenta per lui una sorta di contrasto e di ricerca interiore presente in ogni persona. Attratto dalle atmosfere oscure e dalle trame avvincenti, combina suoni e immagini in modi innovativi, creando esperienze immersive che tengono il pubblico con il fiato sospeso.

Artista in continua evoluzione, Emmanuele Landini è sempre alla ricerca di nuovi modi per esprimere il suo talento. Ogni sua creazione, sia sonora che narrativa, offre uno sguardo sulla sua visione del mondo, invitando il pubblico a intraprendere un viaggio emozionale attraverso suoni, parole e immagini.

Per ulteriori informazioni sulle sue opere e progetti, è possibile visitare il sito web emmanuelelandini.com.

Milton Keynes UK
Ingram Content Group UK Ltd.
UKHW020934041024
449263UK00011B/525